Tucholsky Wagner Zola Scott Sydow Freud Schlegel
Turgenev Wallace Fonatne
Twain Walther von der Vogelweide Fouqué Friedrich II. von Preußen
Weber Freiligrath Frey
Fechner Fichte Weiße Rose von Fallersleben Kant Ernst Frommel
Richthofen
Engels Fielding Hölderlin
Fehrs Faber Flaubert Eichendorff Tacitus Dumas
Maximilian I. von Habsburg Fock Eliasberg Zweig Ebner Eschenbach
Feuerbach Eliot Vergil
Ewald
Goethe Elisabeth von Österreich London
Mendelssohn Balzac Shakespeare Dostojewski Ganghofer
Trackl Lichtenberg Rathenau Doyle Gjellerup
Stevenson Hambruch
Mommsen Tolstoi Lenz Droste-Hülshoff
Thoma Hanrieder
Dach Verne von Arnim Hägele Hauff Humboldt
Karrillon Reuter Rousseau Hagen Hauptmann Gautier
Garschin
Damaschke Defoe Hebbel Baudelaire
Descartes
Wolfram von Eschenbach Hegel Kussmaul Herder
Bronner Darwin Dickens Schopenhauer Rilke George
Melville Grimm Jerome Bebel
Campe Horváth Aristoteles Proust
Bismarck Vigny Voltaire Federer Herodot
Gengenbach Barlach Heine
Storm Casanova Tersteegen Grillparzer Georgy
Chamberlain Lessing Langbein Gilm Gryphius
Brentano Lafontaine
Strachwitz Claudius Schiller Kralik Iffland Sokrates
Katharina II. von Rußland Bellamy Schilling
Gerstäcker Raabe Gibbon Tschechow
Löns Hesse Hoffmann Gogol Wilde Vulpius
Luther Heym Hofmannsthal Gleim
Roth Klee Hölty Morgenstern Goedicke
Heyse Klopstock Kleist
Luxemburg Puschkin Homer Mörike
La Roche Horaz Musil
Machiavelli Kierkegaard Kraft Kraus
Navarra Aurel Musset
Nestroy Marie de France Lamprecht Kind Kirchhoff Hugo Moltke
Laotse Ipsen Liebknecht
Nietzsche Nansen Ringelnatz
Marx Lassalle Gorki Klett
von Ossietzky Leibniz
May Klett Irving
vom Stein Lawrence
Petalozzi Knigge
Platon Kafka
Sachs Pückler Michelangelo Kock
Poe Liebermann
de Sade Praetorius Mistral Zetkin Korolenko

Der Verlag tredition aus Hamburg veröffentlicht in der Reihe TREDITION CLASSICS Werke aus mehr als zwei Jahrtausenden. Diese waren zu einem Großteil vergriffen oder nur noch antiquarisch erhältlich.

Symbolfigur für TREDITION CLASSICS ist Johannes Gutenberg (1400 — 1468), der Erfinder des Buchdrucks mit Metalllettern und der Druckerpresse.

Mit der Buchreihe TREDITION CLASSICS verfolgt tredition das Ziel, tausende Klassiker der Weltliteratur verschiedener Sprachen wieder als gedruckte Bücher aufzulegen – und das weltweit!

Die Buchreihe dient zur Bewahrung der Literatur und Förderung der Kultur. Sie trägt so dazu bei, dass viele tausend Werke nicht in Vergessenheit geraten.

Die Mutter der Catonen

Richard Voß

Impressum

Autor: Richard Voß
Umschlagkonzept: toepferschumann, Berlin

Verlag: tredition GmbH, Hamburg
ISBN: 978-3-8424-1209-5
Printed in Germany

Wo heute, hoch über der römischen Campagna, auf den schönen Höhen des Albanergebirges zwischen weiten Weinfeldern und ausgedehnten Olivenwäldern mit vielen ehrwürdigen Kirchen und prächtigen Palästen das wonnige Frascati liegt, bedeckten zur Zeit der alten Herrlichkeit die Villen und Landgüter der römischen Großen das ganze Land. Von den greisen Mauern Tusculums zog sich die Menge der Prachtbauten in goldig leuchtendem Travertin und schneeigem Marmor die Hügel hinunter und durch die weite Ebene bis vor die Thore der Beherrscherin der Welt. Unsagbar bleibt, welche Werke der Kunst, welche Schönheit, welcher Reichtum auf diesem Fleck Erde zusammengehäuft waren. Hier hatten Tiberius und Galba prächtige Landhäuser, hier lag das köstliche Tusculum Ciceros, hier besaßen die Catonen weitläuftige Güter, und hier befanden sich die weltberühmten Gärten des Lucull, von einer Ausdehnung, daß ganz Rom darauf Platz gefunden hätte, und von einer Herrlichkeit, die später ihresgleichen nur in der tollen Cäsarenzeit fand.

Seit der Blüte dieser elysischen Gegend sind beinahe zwei Jahrtausende vergangen: aber weder die zahllosen barbarischen Verwüstungen, die im Laufe der Jahrhunderte stattfanden, noch die Zeit selbst vermochten die Zerstörung zu vollenden: die Spuren, welche von jener Epoche übrig geblieben, sind noch heute so gewaltig, daß sie das Staunen der Gegenwart hervorrufen. Denn fast alles, was auf den tusculanischen Hügeln als eine Aufwellung des Bodens, als natürliche Terrasse und Böschung erscheint, besteht aus Substruktionen antiker Villen und Paläste. Die meisten dieser mächtigen Mauerwerke haben sich in Hügel gewandelt, welche Oliveten und Vignen, weite Kastanienwaldungen und tiefschattige Dickichte hochstämmigen Lorbeers und Laurustinus auf sich tragen; andre wiederum dienen den Palästen Frascatis als Unterbauten, und noch andre liegen zum Teil offen da, halb versunken in den üppigsten Fluchtgefilden, inmitten der köstlichsten Wildnisse, mit Epheu besponnen, von Rosen überwuchert, von goldigem Ginster umblüht, unergründliche Labyrinthe von Gängen, Grotten und Hallen. Diese Ruinen, von denen manche die Ausdehnung einer kleinen Stadt haben, scheinen nicht Stein und Mörtel, sondern Fels zu sein; sie ziehen sich vom Scheitel des Berges bis zu den mittlern Höhen herab und von diesen bis in das ebene Land hinein. Die Bürger Frascatis benutzen sie als unerschöpfliche Fundgruben des herrlichsten

Baumaterials, der Landmann verwünscht sie, dem Hirten und Banditen dienen sie als Zufluchtsort und Wohnung. Von den zahlreichen Fremden geht der echte Tourist achtlos daran vorüber; aber sie sind das Entzücken des Landschafters und aquarellierenden Dilettanten, und dem Archäologen macht es Vergnügen, gelehrte Namen für sie zu finden.

Erstes Kapitel.

Von allen Herrlichkeiten der Villa des Lucull, welcher dieser große Lebemann des Altertums im Albanergebirge besessen, ist nur ein
einziges Stück unscheinbaren, grauen Gemäuers auf die heutige
Zeit gekommen – das Grab Luculls. Die Gruft, darin der geniale
Schlemmer von dem Bacchanal seines Lebens ausruhte, war einst-
mals im Schmuck ihrer Marmorbekleidung ein leuchtender Prunk-
bau, der weit hinausstrahlte über die Gärten und Rosengefilde jenes
unvergleichlichen Landsitzes. Räuberische Hände haben das kost-
bare Gestein zertrümmert, das prangende Grab aufgerissen, nach
Schätzen durchwühlt und den stillen Bewohner des schönen Hauses aus seinem Marmorbette gezerrt. Heute ist das Denkmal ein
öder Steinhaufen, die Grabkammer eine leere Höhlung, in welche
die Sonne hineinscheint.

Der Bau befindet sich mitten in Frascati, das nebst allen seinen
Kirchen, Klöstern und Palästen von den Trümmern der Luculli-
schen Villa gebaut ward; es liegt eingezwängt zwischen zwei arm-
seligen Häusern, die beide, um eine Wand zu ersparen, das alte
Steinwerk benutzten. Diese bequeme Bauart gibt einem jeden der
Häuschen ein wunderlich schiefes Aussehen und läßt den hohen,
schlanken Rundbau der Grabruine wie einen derben Keil erschei-
nen, den eine Riesenfaust in eine menschliche Wohnung getrieben,
sie mitten durchspaltend. Der Geschmack des einen Hausbesitzers
ließ die Wände seines Eigentums schön rosenrot anstreichen, während die Mauern des andern Häuschens im zartesten Himmelblau
erglänzen: dazwischen steht nun das arme, seiner Schönheit beraub-
te Römergrab grau und trübselig da, gleich einem mißmutigen alten
Gesellen, der an jedem Arm ein sonntäglich geschmücktes, beschei-
denes, aber frisches, junges Ding führt, mit welchen guten Kindern
der Griesgam womöglich zu Tanze gehen soll.

Aber auch der Alte kann sich herausputzen. Wie ein Bursch, der
auf Freiersfüßen geht, sich den Hut voller Blumen und bunter Bänder steckt, so lustig farbig trägt es die ehrwürdige Ruine auf ihrem
greisen Haupt; denn mit der Zeit hat sich auf der zertrümmerten
Grabkuppel ein wilder Garten angesiedelt. Im Frühjahr leuchtet das
Gemäuer von Goldlack und Goldregen, als ob alle Schätze Roms

darüber ausgeschüttet wären; einige Wochen später umranken es buntes Caprifolium, blaue Wicken und rote Winden, die in der Sonne wie Edelsteine funkeln: Rosen klettern auf und ab, Weißdorn und wilder Schneeball verhüllen mit ihrem winterlichen Schimmer die Risse; und ist die eine Blumengattung verblüht, knospet bereits wieder eine andre, so daß das ganze Jahr hindurch von dem grauen Gestein ein süßer Wohlgeruch ausgeht, als entströmten dem Grabe des berühmten Prassers noch immer die Düfte Arabiens.

Auch das war schön von der alten Ruine, daß sie selbst den wildesten und verwegensten Straßenjungen Frascatis nicht auf ihre ehrwürdige Wölbung hinauf, nicht in ihr Zaubergärtlein hinein ließ. Diese Eigenschaft, welche das Grabmal mit hohen Türmen und steilen Felsen gemein hatte, machten sich die Vogel zu nutze; in Scharen nisteten sie droben, und es waren nicht etwa gemeine Dohlen, Krähen und Falken, sondern vornehme Amseln, Drosseln und Nachtigallen, die in den lauen römischen Frühlingsnächten das Grab Luculls umfluteten und umschluchzten, als lagen Romeo und Julia, die seligen Liebenden selbst, hier begraben.

Vor der Ruine befindet sich ein kleiner Platz, in dessen Sand- und Schmutzhaufen die junge Brut der Frascataner mit einer Schar von Hühnern, Hunden und Schweinen sich teilt; redlich bemühen sich die Kinder, die Natur ihrer Spielgefährten anzunehmen; sie krähen wie die Hähne, heulen wie die Hunde und grunzen wie die Schweine, mit denen sie sich im Schmutze wälzen. Der Platz heißt Piazza di Lucullo! Es gibt auch eine Via di Lucullo und ein Vicolo di Lucullo, eine dunkle, enge, schmierige Gasse, und ein dunkles, enges, schmieriges Gäßchen, welche beide von der Piazza di Lucullo steil nach dem Domplatz hinabführen und in denen dieselbe Bevölkerung wie auf der Piazza sich herumtreibt, nur daß zu den Kindern, zu den Hühnern, Hunden und Schweinen eine Menge von Weibern sich gesellt; Weiber, die spinnend an den schwarzen Wänden lehnen, Weiber, die müßig in den Thüren, auf den schmutzigen Treppen kauern, Weiber, die ihren Salat waschen, ihre Haare kämmen, ihren Säuglingen die Brust reichen und die alle zusammen ein Geschrei anheben, als ob ein Mord geschehen wäre.

Doch es gab in Frascati nicht nur eine Piazza, eine Via und ein Vicolo di Lucullo, sondern es gab daselbst auch eine Calzoleria di

Lucullo; denn in der Grabkammer des glückseligen Heiden hauste ein junger Schuhmacher, der eigentlich Angelo Principini hieß, der aber, weil er im Grabe Luculls wohnte, von ganz Frascati Sor »Lucullo« genannt ward.

Lucullo war nur ein Flickschuster; aber was für ein Flickschuster war er! Für die braunen, zierlichen Füße der schönen Frascatanerinnen aus der gegerbten Haut einer Ziege oder eines Rindes mit Hilfe von Pfriemen und Ahle einen Schuh herzustellen, ein solches Kunstwerk hätte unser wackerer Lucullo allerdings nicht zu stande gebracht; doch wenn eine der vielen schwarzhaarigen, schwarzäugigen und braunwangigen Töchter der wonnigen Weinstadt – Lucullo flickte mit Vorliebe die Schuhe der Frascatanerinnen: der jungen Frascatanerinnen, aus dem plumpen Fußwerk der Frascataner machte er sich nichts – wenn eine der braunen, hübschen Hexen über den Platz, der seinen Namen führte, zu seiner Grabwohnung geschritten kam, das helle Schleiertuch über dem Kopf, in der einen Hand den Fächer und in der andern den zerrissenen Schuh, so pochte dem guten Lucullo das Herz, als ob ein neckischer Kobold mit seinem Hammer kräftig auf des Flickschusters Brust losschlüge, als ob diese ein Stück grober Rindshaut wäre. Die Schöne kam und brachte unserm wackern Meister den zerrissenen Schuh. Zunächst wurden auf das zierlichste Grüße getauscht und höfliche oder scherzhafte Reden gewechselt, darauf nahm Lucullo, mit einem eindringlichen Blick in die Augen seiner Kundin, ihr den Schuh sanft aus der Hand, prüfte auf das bedächtigste – bei der sehr jungen und sehr hübschen Frascatanerin auf das andächtigste – zog den Fall mit gebührender Wichtigkeit in Erwägung, sich so voller Inbrunst in die Sache versenkend, daß er, um den zerrissenen Schuh in seiner Hand wieder herstellen zu können, durchaus den andern Schuh, den die Schöne am Fuße trug, eingehend betrachten und in allen seinen Formen studieren mußte. War nun der zerrissene Schuh dermaßen defekt, daß er sich kaum noch sticken ließ, und kam, während der Meister das Objekt mit nachdenklichen Blicken betrachtete, die Schöne selbst zu dieser Ueberzeugung und meinte sie: sie thäte eigentlich besser, bei Sor Tommaso ein neues Paar Schuhe zu bestellen, geriet der gute Lucullo in die höchste Aufregung. Er bestritt auf das heftigste den hoffnungslosen Zustand des kranken Schuhs, bewies auf das schlagendste, wie gut er noch zu heilen sei, meinte, es wäre eine Sünde, dem Dasein des hübschen Schuhwerks ein so frühes Ende zu bereiten, und seine Kundin brächte sich um Geld und Gut, würde sie sich bei dem albernen Tropf, dem Tommaso, schon wieder ein neues Paar bestellen. Gelang es seiner Beredsamkeit, die Schöne von ihrem Vorsatz abzubringen, so hatte unser Lucullo einen besonders guten Tag. Mit wahrer Wonne nahm er die Ruine von einem Schuh in Arbeit, so lange daran herumflickend und -hämmernd, bis das scheinbar Unmögliche möglich geworden war.

Und wie er bei der mühseligen Arbeit pfiff und sang: welche neckischen Rispetti, allerliebsten Ritornelli und schwermütigen Canzonen er dem Volk auf der Piazza zum besten gab, wie er, war sein Werk vollendet, den Schuh putzte, bis er in dem Glänze sich spiegeln konnte: wie er sein hübsches Bild auf dem blanken, schwarzen Grunde anlachte; wie er der Schönen pünktlich an dem bestimmten Tage die Arbeit zurückgab (sie mußte dieselbe aber selbst abholen); wie er sich an ihrem Staunen ergötzte; wie er schließlich eine so geringe Forderung machte, daß die Schöne ganz verlegen wurde; wie diese ihm dann auf das anmutigste dankte; wie er von neuem sang und pfiff und pfiff und sang –, man mußte ein Stein am Grabmal Luculls sein, um vollständig gleichgültig dabei zu bleiben.

Mißlangen indessen alle Künste Lucullischer Ueberredungsgabe, oder scheiterten sie an dem unheilbaren Leiden des Schuhes, und verließ die schöne Frascatanerin den fleißigsten, lustigsten und hübschesten aller Schuhflicker des römischen Reiches, um sich bei Sor Tommaso ein neues Paar Schuhe zu bestellen, so konnte es vorkommen, daß unserm wackern Meister den ganzen Tag über nicht ein einziges zärtliches, schwermütiges oder leidenschaftliches Lied einfiel. Verdrossen saß er im tiefsten Innern seiner Gruft, flickte mißmutig darauf los, und wahrend er flickte, sangen auf dem Grabmal Luculls die Amseln und Nachtigallen, bei deren klagenden Tönen unser armer Meister sich eindringlichst vorstellte, wie sein Nebenbuhler und Todfeind, der lahme, schieläugige, griesgrämige Sor Tommaso, dem schönen Geschöpf die Schuhe anmaß – sage anmaß! – und daß er in seinem ganzen Leben noch nicht ein einziges Mal einen vollständig neuen Schuh gemacht, geschweige denn angemessen hatte. Dabei wußte er ganz genau: dieser Sor Tommaso war ein jammervoller Ignorant, ein elender Pfuscher und Stümper, dessen miserabel gearbeitetes Schuhzeug noch niemals auf einen Fuß gepaßt hatte – wenigstens nicht auf einen Frauenfuß! Was aber that dieser schnöde Tropf, was that er? Zweimal probierte er sein Machwerk an! Ja, war das Mädchen sehr jung und ganz besonders schön, so war es vorgekommen, daß der Elende seinen Schuh dreimal anprobiert hatte. Und das ließen sich die armen, hübschen, gequälten Geschöpfe gefallen, von diesem klumpfüßigen, buckligen, widerwärtigen Sor Tommaso! Mit einem Wort: der schwere Kummer unsres Lucullo war, daß er als Flickschuster seiner Lebtage nicht dazu kommen würde, ein Paar Schuhe anzumessen, sondern immerzu flicken, immerzu flicken mußte. Was für Vorwürfe hatte er seinem lieben Heiligen und guten Schutzpatron, dem werten San Crispino, schon um dieser Sache willen gemacht!

Im übrigen, wäre auf der Welt der verfl.... Sor Tommaso und das verd..... Anmessen nicht gewesen, so hätte unser Meister Lucullo mit keinem Menschen getauscht, und wäre sein berühmter Namensvetter und Vorbewohner seines hübschen kleinen Hauses, der selige Römer Lucius Lucullus, selber gekommen, um ihm für den Pfriemen einen seiner weltberühmten Rosenkränze abzutreten.

Es war aber auch ein herrliches Leben, welches er, Lucullus Nr. 2, führte. Sobald die Sonne über das Blumengärtchen auf der Kuppel des ehemaligen Prachtbaues ihre ersten Strahlen gaukeln ließ, öffnete sich die grün angestrichene Holzthür, welche das einzige Gemach des Hauses abschloß, und Lucullo trat heraus. War das Wetter schlecht, zog sich unser Meister in seine Grabkammer zurück wie eine Schnecke in ihr Haus; war es schön, verlegte er die ganze Werkstatt ins Freie, scherzte mit allen, schwatzte mit allen, lachte mit allen, dazwischen flickend und hämmernd, pfeifend und singend, von morgens früh bis spät in die Nacht hinein.

Es war merkwürdig: alle Neuigkeiten Frascatis wurden auf der Piazza Lucullo zusammengetragen, als ob sich dort für dergleichen Artikel ein Magazin befände. War einer ermordet worden oder hatte eine in der Tombola gewonnen; war jemand gestorben, jemand geboren; hatte sich jemand verlobt, jemand verheiratet – bevor diese wichtigen Ereignisse in der Stadt bekannt waren, wußte sie Freund Lucull. Weder beim Barbier im Corso Vittorio Emanuele, noch in der Apotheke auf der Piazza del Duomo oder beim Pizzi-carol gab es so viel zu hören wie bei dem jungen, hübschen Flick-schuster am Grabe Luculls.

Eine Quelle unerschöpflicher Belustigung waren für unsern Meis-ter die Fremden, die Inglesi und Tedeschi, von denen täglich etliche daher kamen, sich feierlich vor den alten Bau aufpflanzten, ein rotes oder braunes Buch aus der Tasche zogen, zu lesen begannen und dann starren Blickes sein kleines Haus betrachteten, als wären Wunderdinge daran zu sehen. Einigemal ereignete es sich sogar, daß das Haus Meister Luculls abgemalt und abgezeichnet wurde, und eines Tags kam ein Fremder zu ihm und fragte: ob er, der im Grabe Luculls wohnte, auch wisse, wer dieser Lucull gewesen sei?

Wer dieser Lucull gewesen sei – – Lucull mußte lachen: wie sollte er missen, wer dieser Lucull gewesen sei? Vielleicht auch ein Flick-schuster.

Uebrigens bestand zwischen dem seligen Lucius Lucullus und unserm guten Freund eine starke Seelenverwandtschaft: gab es doch in ganz Frascati keinen solchen Feinschmecker wie Lucull Nr. 2.

Was das Trinken anbetraf, so galt er darin als eine unbestrittene Autorität, und das wollte in Frascati etwas besagen. Er kannte die Beschaffenheit jeder Traube aller Vignen von Albano bis Monte Compatri. Sein Prüfen der verschiedenen Weinsorten war mehr als ein Talent, es war Genie: mit dem unfehlbaren Instinkt eines Hun-des witterte er den rechten Keller und in dem Keller das rechte Faß; der Weinschank, den er besuchte, fühlte sich geehrt und machte Reklame damit. Wie Lucullo in einer der hundert Spelunken Frasca-tis bald einen *rosso asciuto*, bald einen *bianco dolce*, jetzt einen *aleatico*, dann einen *spumante* kostete, war ein sehenswerter Anblick.

Ein eben solcher Künstler war er im Essen. In der Trattoria, wo er jeden Mittag und jeden Abend speiste, wurden die Artischocken, die gefüllten Tomaten und die Maccaroni genau nach seiner Anga-be zubereitet; er wußte aus verschiedenen Kräutern und Gemüsen eine ausgezeichnete Minestra zu komponieren; und es gab ein Lieb-lingsgericht der Frascataner, eine Art von Spaghetti, die nach ihrem Erfinder »al Lucullo« genannt wurde. Sonntags schoß er sich ge-wöhnlich selbst seinen Braten. In aller Frühe stieg er nach Tusculum hinauf, in den tiefen Waldungen des Ruinenbergs nach unschuldigen Singvögeln fahndend. Amseln zog er den Drosseln vor, und lieber als Amseln jagte er Nachtigallen. Für die berühmte Pastete, die einst sein Namensvetter aus den Zungen jener lieblichen Sänger bereiten ließ, wäre unser Lucullo just der rechte Gast gewesen.

Zweites Kapitel.

Ueber die Piazza Lucullo führt es hinauf zu den Kapuzinern, deren Kloster in ziemlicher Höhe über der Stadt inmitten der schönen Wildnisse tusculanischer Villen liegt. Das Heiligtum erfreut sich eines weit verbreiteten Rufes; denn es besitzt eine Madonna, die vor Zeiten Wunder bewirkte und also zu jeder Zeit neue Wunder zustande bringen kann. So wird denn die Kirche der guten Kapuziner, trotz des steilen Weges, der zu ihr führt, fleißig von frommen Frascatanern und besonders von frommen Frascatanerinnen besucht. Ein großer Teil dieser Andächtigen mußte an dem Hause unsres lustigen Flickschusters vorüber, welcher eines Tages die Entdeckung machte, daß die Menschen doch sehr verschieden geartet wären, indem einige im Schweiße ihres Angesichts einen hohen Berg hinaufklettern, um droben das Kreuz zu schlagen und recht inbrünstig die Heiligen anzurufen, während andre lieber sitzen blieben, wo sie gerade saßen, um gelegentlich in aller Gemütlichkeit und Fröhlichkeit einen gelinden Stoßseufzer an ihren Schutzpatron zu richten, wofür dieser gute Mann, gleichfalls in aller Gemütlichkeit und Fröhlichkeit, sich bei passender Gelegenheit dankbar erweisen konnte.

Eines Frühlingstags saß Lucull vor seinem Grabe und hämmerte im Takt zu dem Pfeifen einer Amsel, die auf dem Dache unter blühendem Goldregen ihr Nest baute, an dem Schuh eines biedern Frascataners; also mit etwas weniger Lust und Liebe zur Sache, als wenn es gegolten hätte, einem Pantöffelchen ein allerletztes Mal zu kurzer Lebensdauer zu verhelfen. Das ungefügige Gehwerk hin und her drehend und mit nicht gerade wohlwollenden Blicken musternd, brummte er: »Was der Kerl für einen Fuß haben muß! San Crispino, wie kann ein Christ einen solchen Fuß haben? Warum geht der Mann nicht zu meinem lieben Kollegen Tommaso! Da könnte dieser wunderhübsche Junge nach Herzenslust Maß nehmen, da könnte dieser reizende Mensch ein halbes Dutzend Mal anprobieren. Werde ich mich mit solchem Klumpfuß plagen!«

Damit flog der Schuh des biedern Frascataners über die Schulter des Meisters in die Kammer hinein; gerade wollte Lucull sich bücken, um aus dem Haufen zerrissenen Lederwerks am Boden den zierlichsten Schuh herauszulesen, als er seinen Namen rufen hörte und zwar von einer Stimme, die einen solchen tiefen, gedämpften Wohllaut hatte, wie ihn von sämtlichen jungen und schönen Frascatanerinnen nur eine besitzen konnte. Auch daß der Ruf herb und gebieterisch klang, paßte zu jener einen und einzigen. Dem guten Lucullo schoß denn auch sofort alles Blut zu Kopf; mit einem jähen Ruck fuhr er in die Höhe, drehte sich um und wahrhaftig – sie war es. Wie hätte es auch eine andre sein können, mit dieser Stimme!

Sie befand sich ihm gegenüber auf der andern Seite des Platzes, dort, wo es zu den Kapuzinern hinaufging und wo als Wegweiser ein hohes Holzkreuz errichtet war. Unter diesem Kreuze kauerte sie; es mußte ihr etwas zugestoßen sein, denn sie schien völlig erschöpft, und ihr Kopf, von dem unter dem gelbwollenen Schleiertuch hervor ein rötlicher Glanz ausging, war gegen den Stamm des Kreuzes gesunken.

Lucullo war durch den Umstand, von der größten Schönheit der Stadt sich vertraulich angerufen zu hören, dermaßen verblüfft, daß er dastand und starr zu dem schönen Geschöpf hinüberblickte. Es that ihm leid, daß das große Ereignis in der heißen Nachmittagsstunde stattfand, der einzigen Tageszeit, wo der Platz vereinsamt dalag; dem eitlen, jungen Menschen wäre es recht gewesen, wenn ganz Frascati vernommen hätte, wie die stolze Sabina ihn um seinen Beistand anging.

»He du, Lucullo! Warum kommst du nicht, wenn ich dich rufe?«

Jetzt lief er zu ihr, denkend: Was mag sie nur von dir wollen? Wie schade, daß es nicht Sonntag ist, und du deinen neuen Anzug nicht anhast, in dem du wie ein Signore aussiehst.

Nun stand er vor ihr. Sie aber, weil er ihrem Rufe nicht gleich gefolgt war, machte ein Gesicht wie eine beleidigte Königin; dabei sah sie in ihrem Zorn so herrlich aus, daß Lucullo über ihre Schönheit förmlich erschrak. Ueberdies hatte er sie noch nie so nahe gesehen. Wie sollte er auch? Sie kam nicht zu ihm, um ihm ihre zerrissenen Schuhe zum Flicken zu bringen; denn *sie*, obgleich nicht viel reicher als er selbst, ließ ihre zerrissenen Schuhe bei keinem Flickschuster machen, sondern ihre Schuhe bekam der verd.....Tommaso in seine groben, schmierigen Hände, und der vornehme Sor Tommaso, der sich sonst niemals herbeiließ, einen Schuh zu flicken, *ihren* Schuh flickte er! Ein einziges Mal ihren Schuh flicken zu können – –

Diese Betrachtungen und Empfindungen schossen dem guten Lucullo durch den Kopf, als er vor Sabina stand und ihre Schönheit ihn erschauern machte. Er wußte noch immer nicht, was sie von ihm wollte, er sah nur, daß sie zornig auf ihn war; aber selbst ihr Zorn machte ihn glücklich.

Jetzt sagte sie grollend: »Du bist ein schöner Galantuomo! Siehst mich hier an der Straße liegen und Schmerzen ausstehen und kümmerst dich nicht um mich.«

Lucullo rief erschrocken: »Ihr habt Schmerzen, was ist Euch?«

Aber sie unterbrach ihn: »Was fällt dir ein, mich Ihr zu nennen? Ich bin keine Signora. Rede doch mit mir, wie es sich gehört.«

Lucullo stammelte: »Was ist dir geschehen?«

Sie warf einen feindseligen Blick auf den Weg, dessen Pflaster noch zum großen Teil aus den Basaltpolygonen der alten Straße besteht, die von Rom nach Tusculum hinaufgeführt hatte; der Zustand der Straße war allerdings ein solcher, daß die frommen Frascataner und Frascatanerinnen, die um ihres Seelenheiles willen nach dem Kapuzinerkloster wallfahrten, vorher in San Pietro, oder in Santa Croce oder in San Filippo ihren Schutzheiligen bitten sollten, sie nicht Arme und Beine brechen zu lassen; und kamen sie heil herunter, so mochten sie sich dafür bei ihrem Beschützer bedanken. Das letztere konnte nun die schöne Sabina nicht; denn sie hatte sich auf der halsbrecherischen Straße den Fuß verstaucht.

»Und sieh, was mir noch geschehen ist; meine besten Schuhe!«

Damit streckte sie unter ihrem dunklen Wollenkleide ihren Fuß hervor. Welch einen Fuß! Es versetzte Lucullo förmlich den Atem, dieses Füßchen zu sehen; und gerade über dem Spann gewahrte er einen weitklaffenden Riß. Da wurde auch Lucullo zornig.

»Du Arme! Aber daran ist niemand anders schuld als dieser Pfuscher von Sor Tommaso. Einen solchen Schuh zu machen! Für dich eine solche Bestie von Schuh! Mit solchem Schuh mußtest du dir ja den Fuß verstauchen. Mich wundert nur, daß du dir ihn nicht gebrochen hast. Und was für ein Leder! Wie konnte dieser Stümper sich unterstehen, für dich solches Leder zunehmen? Und überhaupt diese niederträchtige Arbeit! Bei dem Herzen der Madonna, der Lump hat dir die Schuhe viel zu groß gemacht. Ein solches Füßchen zu haben und dann einen solchen Schuh tragen zu müssen. Es ist nicht zu glauben!«

Trotz ihrer heftigen Schmerzen mußte Sabina über den Zorn des jungen Schuhflickers hell auflachen, was zur Folge hatte, daß Lucullo seine Augen von ihrem Fuß erhob, starr auf ihr Gesicht richtete und den Versuch machte, sich klar zu werden: wann sie schöner sei, wenn sie ihn auslachte, oder wenn sie zornig auf ihn war? Aber seufzend gab er es auf, dahinter zu kommen.

Auch Sabina blickte ihn an und machte dabei die Entdeckung, daß dieser Sor Lucullo der hübscheste Flickschuster sei, den sie in ihrem ganzen Leben gesehen hatte. Warum in aller Welt ließ sie ihr zerrissenes Schuhwerk nicht von diesem höflichen, jungen Mann flicken; überhaupt – warum machte er ihre Schuhe nicht? Was kümmerte es sie, daß er nur ein Flickschuster war? Sie wollte sich die Sache überlegen.

Nachdem die beiden schönen Menschen sich einander eine lange Weile mit großer Eindringlichkeit in die Augen gesehen, wandte Sabina in schwindendem Groll ihren Kopf abermals dem antiken Straßenpflaster zu, welches, wie sie sich zu überzeugen begann, die mindere Schuld an ihrem Unfälle trug, während Lucull mit erneutem Zorn auf das elende Machwerk seines Nebenbuhlers herabschaute. Sich heftig durch die dunklen Locken fahrend, meinte der Treffliche: »Was fangen wir jetzt an? Zu Fuß wirst du nicht nach Hause gehen können. Ich will hinunter nach der Piazza laufen und dir einen Wagen holen; auch zum Apotheker will ich gehen, damit er dir etwas für deinen Fuß gibt. Hast du starke Schmerzen?«

Die Schmerzen waren allerdings sehr stark; ward man jedoch dabei mit so leuchtenden Blicken angesehen, ließen sie sich ertragen. Lucullos gut gemeinte Vorschläge lehnte sie grollend ab: »Ich werde im Wagen nach Hause fahren! Der dumme Fuß kostet mich so wie so meine neuen Schuhe, die mir wirklich nicht passen. Und nun gar der Apotheker – – Ich habe in meinem ganzen Leben noch keinen Apotheker gebraucht und hoffe auch ohne Apotheker zu sterben. Ich will dir etwas Besseres sagen. Nach Hause käme ich jetzt allerdings nicht; auch mag ich nicht so durch die Stadt humpeln. Aber über den Platz kann ich, wenn du mir deinen Arm gibst, ganz gut gehen. Dann setze ich mich zu dir, du flickst meinen Schuh und ich mache nasse Umschläge auf meinen Fuß. Bis zum Abend ist alles wieder gut, abends begleitest du mich nach Hause. Wie du weißt, stehe ich ganz allein auf der Welt, bin meine eigne Herrin und brauche mich um niemand zu kümmern. Und nun hilf mir auf.«

Um ihr aufzuhelfen – denn sie litt wirklich sehr starke Schmerzen und war ganz hilflos – mußte er sie fest um den Leib fassen, sie sanft in die Höhe ziehen, alsdann, immerfort seine Hände um ihren Leib, sie vorsichtig führen, langsam, ganz langsam, um nach ein paar Schritten auszuruhen und sie beim Stehen noch fester zu umfassen. Bis nach Rom hätte er sie auf diese Weise geleiten können, und weiter! Warum war auch der Platz so klein, daß er schon nach wenigen Minuten drüben war, schon nach wenigen Minuten seine Arme von ihr lösen mußte. Er holte den einzigen Sitz im Hause, seinen Schusterschemel, herbei, stellte ihn an den schattigsten Platz, breitete sein frisch gewaschenes rotes Taschentuch über das Holz; und nun konnte sich die Göttin bei dem armen Flickschuster niederlassen. Aber die Schmerzen der Schönen wurden immer stärker; also stürzte Lucullo in seine Grabkammer, ergriff das einzige Gefäß seines Haushalts, die schilfumflochtene Foglietta, schüttete den Rest des Weines auf den Boden und lief zum Brunnen, von wo er nach wenigen Augenblicken mit der gefüllten Flasche zurückkam.

Er fand den zerrissenen Schuh ausgezogen und sah es unter dem Rock geheimnisvoll hervorleuchten.

Unterdessen Sabina aus ihrem großen, bunten Fazzoletto, ohne welches sich kein Frascataner und keine Frascatanerin öffentlich blicken läßt, eine Kompresse machte und diese angefeuchtet auf den Fuß legte, suchte Lucullo sein Werkzeug zusammen, kramte sein geschmeidigstes Stück Leder hervor und setzte sich neben Sabina auf den Boden, um zu ihren Füßen den Schuh zu flicken.

Sabina, den Fächer entfaltend, begann das Gespräch.

»Weißt du, daß du eigentlich recht hübsch wohnst? Nur etwas eng. Eine Frau könntest du nicht brauchen. Was würdest du wohl anfangen, mein armer Lucullo, wenn du dich verliebtest und eine Frau nehmen wolltest?«

Wenn der arme Lucullo sich verliebte! Allerdings das mit der Frau – er gestand der Schönen, daß er noch niemals daran gedacht hatte, eine Frau zu nehmen (das sagte er mit unsicherer Stimme und einem Blicke, vor dessen Glut sich Sabina schleunigst durch ihren Fächer schützen mußte). Uebrigens – wenn er einmal daran denken sollte, eine Frau zu nehmen, so würde sich für die Frau schon Platz in seinem Hause finden. Er wußte schon wo und wie. Von der Kammer aus brauchte er nur eine Treppe auf das Dach hinaufzuführen und ein Stockwerk daraufzusetzen: Platz gab es droben genug für ein ganzes Villino! Auf das eindringlichste und beweglichste ersuchte er seine neue, schöne Kundin, sich die Aussicht vorzustellen, die seine zukünftige Frau von ihrer luftigen Wohnung aus genießen würde. Des Sommers befände sie sich dort oben: »*proprio come in villeggiatura*«; und des Abends – » *che bel fresco!*«

Dann war sie wiederum so bestrickend schön; nämlich, als sie ihn mit seiner zukünftigen Frau und seinem lustigen Villino auslachte. Zuerst zeigte sich Lucullo über diesen Ausbruch von Heiterkeit sehr niedergeschlagen, er hatte eine etwas wärmere Aufnahme seines mit glühender Beredsamkeit vorgetragenen Planes erwartet; zuletzt stimmte er in ihr unwiderstehliches Lachen ein. Hätte er nur nicht immerfort ihre Lippen betrachten müssen, diese roten, vollen, weichen Lippen, zwischen denen die Zähne hervorblitzten. Wie konnte er dabei ihren Schuh sticken, diesen allerliebsten Schuh, der sein Meisterstück werden sollte.

Sabina meinte: »Fürchtest du dich nicht in einem Grabe zu wohnen?«

Diese Frage, die eine wunde Stelle in Lucullos Innern berührte, machte ihn böse.

»Du bist also auch der Ansicht, daß mein Haus ein Grab sei? Ich hätte dich für verständiger gehalten. Seit wann läßt sich ein Christenmensch über der Erde begraben? Sieh doch diese Mauern an. Wozu braucht ein Toter solche Mauern? Sage doch selbst! Und diese Höhe. Was macht sich ein Toter daraus, daß man auf seinem Grabe eine schöne Aussicht hat? Glaube mir, das mit dem Grabmal ist eine Dummheit; es müßte denn sein, daß irgend ein Narr sich in den Kopf gesetzt hätte, in einem Turm begraben zu werden.«

»Dann wird es ein Narr gewesen sein; denn daß dein Haus eigentlich ein Grab ist, soll sogar in den Büchern zu lesen stehen. Es spukt ja wohl auch bei dir? Die Leute sagen, daß jede Nacht ein goldnes Huhn mit goldnen Küken in deine Kammer käme. Hast du das goldne Huhn schon gesehen?«

»Nichts habe ich gesehen,« rief Lucullo zornig. »Ich wollte, das goldne Huhn käme mir einmal in den Weg gelaufen! Dann würde ich es fangen und es müßte mir goldne Eier legen, von denen ich mir, um die Leute zu ärgern, eine goldne Frittata backen würde. Das wollte ich dich fragen: Warum bist du eigentlich bei den Kapuzinern gewesen?«

»Was geht's dich an, warum ich dort gewesen bin?«

»Gar nichts.«

»Meinetwegen kannst du es wissen; gebeichtet habe ich bei den Kapuzinern.«

»Gebeichtest hast du! Beichtest du oft?«

»Je nachdem.«

Er brummte: »Also je nachdem. Wahrscheinlich, sobald du wieder einmal einem den Kopf verdreht hast. Dann mußt du wohl oft bei den Kapuzinern beichten gehen?«

Und er hämmerte ganz wild auf sein Leder los; je lustiger sie lachte, um so wilder hämmerte er. Nach einer Weile meinte er: »Möchte wissen, welche Pönitenz der Pater Kapuziner dir auferlegt hat. Uebrigens scheinst du dir deine Strafe gerade nicht sehr zu Herzen zu nehmen. Gehst du das nächste Mal beichten, wird sie wohl schärfer ausfallen. Geh du nur bald wieder zu den Kapuzinern; deiner Seele thut's not.«

Und er hämmerte in heller Wut, und sie lachte in heller Lust. Dann überlegte sie eine Weile und sagte ihm: »Mit dem Schuh wird es doch nichts mehr; also plage dich nicht damit. Madonna, warum bist du so böse?«

Und böse war er.

»Was, es würde nichts mehr aus dem Schuh? Wie neu wird er wieder. Ich soll mich nicht damit plagen? Du meinst, weil ich nur ein Flickschuster bin. Das meinst du doch? Du willst den Schuh gewiß dem verd...... Sor Tommaso bringen? Das willst du doch? – – Was sagst du? Was soll ich?«

Sie mußte es ihm noch einmal sagen; denn er hatte sie nicht verstanden.

»Du sollst am Sonntag zu mir kommen und mir ein Paar Schuhe anmessen.«

»Anmessen – ich dir ein Paar Schuhe anmessen?!«

»Nun ja. Was ist denn weiter dabei?«

Lucullo stammelte: »Aber ich bin ja nur ein Flickschuster, ich kann ja gar keine neuen Schuhe machen.«

»Für mich wirst du schon welche machen können.«

»Freilich! Freilich, für dich – –«

»Also du kommst am Sonntag?«

»Ich komme', zum Anmessen komm' ich!«

Er mußte es noch einmal sagen, laut jubelnd: »Zum Anmessen!«

Drittes Kapitel.

Er war bei ihr gewesen und hatte ihr Maß genommen! In seinem neuen römischen Anzuge, darin er wie ein Signore aussah, hatte er diesen stolzesten Gang seines Lebens gethan; mit einem Herzklopfen, als ob es sich um das Heil seines geeinigten Vaterlandes handelte, hatte er an ihren schönen Fuß seine Papierstreifen – blütenweißes Schreibpapier! – angelegt, mit unsichern Händen das Große vollbracht und sich darauf als ein neuer Mensch vor ihr vom Boden erhoben.

Und nun saß er in seinem hübschen, kleinen Hause, das dumme und böswillige Menschen für ein Grab ausgaben; trotz des leuchtenden Frühlingswetters saß er drinnen. So lange die Piazza Lucullo ihren Flickschuster Lucullo besaß, war das nicht geschehen. Die spielenden Kinder hörten in ihrem Spielen auf und schauten hinüber: was wohl mit Sor Lucullo vorgefallen wäre? Die schwatzenden Weiber unterbrachen ihr Geschwätz, kamen aus Via und Vicolo Lucullo herbeigeschlurft: warum wohl Sor Lucullo nicht vor seinem Grabmal säße? Ob er krank wäre, ob er das goldne Huhn gesehen, oder beim Kapuzinerkreuz eine Hexe getroffen hätte? Das war noch niemals dagewesen, daß bei einem solchen Wetter morgens und abends Sor Lucullo drinnen saß, nicht sang, nicht pfiff, nicht plauderte, nicht lachte; sondern immerzu hämmerte, immer, immerzu hämmerte.

Aber die guten Weiber erhielten für ihre teilnahmsvollen Fragen schlechten Dank. Was sie das anginge? Er könnte nach seinem Belieben draußen oder drinnen sitzen; und es beliebte ihm nun einmal, drinnen zu sein. So oft er diese abweisende Antwort erteilte, hörte er mit Hämmern auf und versteckte etwas unter seinem Schurzfell; gerade, als sei eine neue Schuhsohle ein Liebesbrief.

Wohl zwanzigmal des Tages ließ er Hammer und Pfriemen verzagt sinken; denn es wurde nichts daraus! Wohl zwanzigmal hielt er das Ding in die Höhe, betrachtete es mißtrauisch von allen Seiten; ob aus dem Ding ein Schuh wurde? Und er gelangte wohl zwanzigmal zu dem Schluß: ein Schuh würde voraussichtlich daraus werden, aber San Crispino mochte wissen, was für einer. So hat niemals ein Bildhauer bei seiner Statue, ein Künstler bei seinem

Gemälde, ein Poet bei seinem Gedicht gebangt und gehofft, gefürchtet und geglaubt wie unser hübscher, lustiger Flickschuster bei seinem Paar neuer Schuhe.

Es ist eine schöne Sitte, daß die Italiener ein jedes Handwerk eine Kunst nennen, und von der Arbeit eines Maurers, eines Steinklopfer und Flickschusters stets von der »arte« des Mannes reden. Aber unser Lucullo verlor über seiner Kunst Appetit und Schlaf, Heiterkeit und Frieden; er hätte sich am liebsten von aller Welt zurückgezogen und seine Kunst bei verschlossenen Thüren getrieben – wenn sein Haus nur ein Fenster gehabt! Nach einem qualvoll hingebrachten Tage wälzte er sich des Nachts ruhelos auf seiner Matte, hatte beängstigende Träume, in denen er seinen Nebenbuhler, den verd...... Sor Tommaso, höhnisch über sich lachen hörte; er litt an Hallucinationen, darin er den schönen Fuß erblickte, für den sein Schuh passen sollte, aber nicht paßte, obgleich er doch unablässig Maß nahm und nicht müde wurde, dem schönen Fuß die Schuhe anzuprobieren.

Er sah sie jeden Tag; jeden Tag kam sie an seinem Hause vorüber, blieb vor der offnen Thür stehen, ließ ihre prachtvollen Augen über ihn hinleuchten, grüßte huldreich, bewegte anmutig ihren großen, bunten Fächer nach ihm hin und erkundigte sich teilnehmend nach dem Zustande ihres Schuhwerks. Da saß er dann, beugte sich tief auf das Leder hinab und meinte mit einer Heuchlermiene, als ginge täglich ein halbes Dutzend Paar neuer Schuhe aus seiner Werkstatt hervor, daß alles in bester Ordnung sei und sie sich darauf verlassen könne, am bestimmten Tage ihre Schuhe zu erhalten. Dann lachte sie, und dann wurde er zornig über ihr Lachen, weil sie keine Ahnung davon hatte, in welcher Verfassung nicht allein sein Leder, sondern auch sein Gemüt sich befand.

»Mach nur, daß ich die Schuhe bald bekomme.«

»Willst du bald wieder beichten gehen?«

»Fürs erste nicht; deswegen hat's keine Eile.«

Sie war eben eine Hexe, eine solche, die einen Mann um Verstand und Vernunft bringen konnte. Ein andermal trat sie sogar auch einen Augenblick bei ihm ein. »Ich will mich nur bei dir umsehen, wie breit die Treppe werden kann, wenn du für deine Frau auf dem Dach ein Villino baust.«

Sie sah sich um.

»Madonna, du mußt dir einen Stock zur Frau nehmen; ich käme da nicht hinauf.«

»Ich habe dich noch nicht darum gefragt,« versetzte er mit vor Aerger erstickter Stimme.

Sie aber lachte ihn aus.

Dann kam die große Stunde. Trotzdem es kein Sonntag war, wurde der Tag als ein Festtag behandelt; demgemäß verwandelte sich unser Sor Lucullo mit Hilfe des neuen Anzugs in einen Signor Lucullo, darauf band er die fertigen Schuhe in das rote Taschentuch, auf dem die Herrliche gesessen hatte, verschloß sein Haus und begab sich feierlichen Schrittes nach der Piazza Spineta, woselbst die schöne Sabina als ihre eigne Herrin mutterseelenallein residierte. Tief Atem holend, kletterte der verliebte Schuster die steile, dunkle Stiege hinauf, klopfte an, hörte sie fragen: wer da sei, antwortete: »Gut Freund!« und trat ein.

Die Wohnung von Frascatis größter und stolzester Schönheit unterschied sich von dem Hause von Frascatis hübschestem und lustigstem Schuhflicker im wesentlichen nur dadurch, daß sie um ein Geringes weniger klein, weniger niedrig und weniger finster war. Auch waren die Wände nicht wie im Grabe des seligen Lucius Lucullus graues, geborstenes Gemäuer, sondern sie trugen blasse Spuren ehemaliger goldgelber Tünche, und der Fußboden zeigte statt des nackten Gesteins den Prunk allerdings stark beschädigter Ziegel. Um übrigens der Wohnung der Schönen Gerechtigkeit widerfahren zu lassen, muß gesagt werden, daß das Zimmer nach dem Platz hinaus ein Fenster mit noch niemals geputzten Scheiben besaß, und daß in der Mitte das Prachtstück der Einrichtung stand, ein mächtiges Ehebett, mit dem schneeigsten Linnen bedeckt, welches alte wertvolle Spitzen verzierten. Das Bett nahm die Hälfte des Raumes ein, darin sich außerdem nur noch wenige Gerätschaften befanden. Von einem Herde war nichts zu sehen; hatte die schöne Sabina einmal Appetit auf eine Minestra oder Frittata, so mußte sie sich diese Leckerbissen auf dem Herde einer gefälligen Nachbarin bereiten; für gewöhnlich genügte ihr indessen eine Schüssel Salat, oder eine Handvoll roher Bohnen, ein Stück Brot mit Oel beträufelt, oder Früchte.

Als Lucullo in dieses Gemach, das ihn über die Maßen prächtig dünkte, eintrat, saß die Schöne im offnen Fenster und drehte die abgesponnenen Fäden zusammen; die volle Spindel ließ sie zum Fenster hinaushängen, sie von Zeit zu Zeit mit einem herzhaften Ruck in die Höhe schnellend. Lucullos Kommen störte sie in dieser Beschäftigung nicht.

»Nun, da bist du ja! Ich hatte dich schon gestern erwartet. Dort steht Wein und ein Teller mit Ciambelli. Iß und trink. Du kannst dich dabei setzen und dann wollen wir schwatzen.«

» *Mille grazie!* Ich möchte dir zuerst die Schuhe zeigen.«

»Sie sind gewiß wunderschön.«

»Ich möchte sie dir anprobieren; ich bin nur deshalb gekommen.«

Der Angstschweiß trat ihm auf die Stirn; zugleich hätte er in diesem stolzen Augenblick mit dem heiligen Vater selbst nicht getauscht.

»Wozu anprobieren? Sie werden gewiß prächtig passen.«

»Was denkst du? Wie könnten die Schuhe passen, wenn ich sie vorher nicht anprobiert habe! Ich werde sie noch oft anprobieren müssen! das Anprobieren ist bei neuen Schuhen die Hauptsache.«

»Nun, so probieren wir.«

Ohne ihre Stellung zu ändern, streckte sie den linken Fuß vor, von dem bei dieser Bewegung der Pantoffel abglitt. Lucullo packte seine Schuhe aus, schob sich zwischen Wand und Bett zum Fenster hin, ließ sich auf ein Knie nieder und setzte auf das andre den Fuß der Schönen.

»Paßt er?«

»Habe doch Geduld! Als ob das Anprobieren eine so leichte Sache wäre und so schnell ginge.«

»Au!«

»Wo drückt er? Nicht wahr, er drückt? Es ist ganz natürlich, daß der Schuh drückt. Das erste Mal muß jeder neue Schuh drücken,« stammelte der arme Lucull.

»Es wird gewiß gehen.«

»Natürlich wird es gehen.«

»Wenn sie zuerst auch ein wenig drücken; zuerst drückt jeder neue Schuh.«

»Meine Schuhe sollen dich aber nicht drücken; ich probiere sie dir so lange an, bis du sie gar nicht mehr fühlst. – Hier sind sie wohl etwas zu eng.«

»Hier und hier. Das nächste Mal werden sie sicherlich besser sitzen. Laß es jetzt nur! Jetzt mußt du Ciambelli essen. Du ißt doch gern Ciambelli?«

»Freilich! Warte, ich will dir den Pantoffel wieder anziehen. Ist das ein Ungetüm! Der kann dich freilich nicht drücken.«

»Du hast recht: diese Pantoffeln sind wahre Bestien.«

Nun wurde er seelenvergnügt.

Nach mehrmaligem Anprobieren paßten die neuen Schuhe bis auf einiges Drücken ganz vortrefflich, und kaum paßten sie in dieser fraglichen Weise, als Lucullo in eine Stimmung von Glückseligkeit geriet, daß Piazza, Via und Vicolo Lucullo von neuem in Aufregung kamen. Nach einigen Tagen wußte bereits ganz Frascati: Sor Lucullo ist verliebt, Sor Lucullo geht auf Freiersfüßen, Sor Lucullo will heiraten! Und wen will Sor Lucullo heiraten? Wen anders als die Sabina, die schöne, hoffärtige Sabina, der schon so viele nachgelaufen sind und die auch den armen Sor Lucullo laufen lassen wird.

Aber darum kümmerte sich Sor Lucullo vorhand gar nicht; vorderhand war dieser leichtfertige Sor Lucullo bis über seine kleinen, braunen Ohren verliebt, vorderhand wollte sich dieser Schlingel um gar nichts andres kümmern als um seine tolle und sinnlose Verliebtheit. Er saß nun wieder den ganzen Tag vor seiner Thür und hämmerte, pfiff und sang, wie im ganzen römischen Reich noch niemals ein Schuster gehämmert, gepfiffen und gesungen hatte; die Amseln und Nachtigallen, die auf seinem Dache nisteten, wurden förmlich neidisch und bekamen plötzlich den sonderbaren Ehrgeiz, sich mit dem lustigen Flickschuster in einen Wettstreit einzulassen. Da kann man sich vorstellen, was für eine Lust es um das Grab des guten Luculls war; denn auch die Kinder auf der Piazza und die Weiber in der Via und dem Vicolo wollten hinter dem Schuster, den Amseln und Nachtigallen nicht zurückstehen.

Aber auch jetzt bekam er das goldne Huhn mit den goldnen Küken nicht zu sehen, welches seltene Federvieh der Sage nach im Grabmal des alten Römers sein gespenstisches Wesen treiben sollte. Dafür blühte auf dem alten Gemäuer der Ginster in einer solchen Fülle, daß das Haus unsres armen Schuhflickers wieder einmal aussah, als trüge es einen Hügel leuchtenden Goldes.

Da Lucullo von ganz Frascati zu den offiziellen Bewerbern der schönen Sabina gezählt wurde, kam es ihm nunmehr zu, ja, war es fortan seine Pflicht, sich jeden Abend bei dem Gegenstande seiner Neigung einzufinden, um zu zeigen, was er in der Kunst des »far amore« zu leisten vermöchte. Er durfte Geschenke mitbringen, durfte seinen Fazzoletto, welcher in der Farbe der Liebe leuchtete, jeden Tag mit neuen Ausdrücken seiner Leidenschaft füllen und als schuldigen Tribut in den Schoß der Schönen ausschütten. Nun gab es nichts, was ein Liebender seiner Umworbenen in seinem Fazzoletto nicht hätte zutragen dürfen: Blumen, Früchte, Gemüse; Gebäck und Putz; eine Foglietta Wein oder Oel; ein Huhn, ein Paar fetter Wachteln, ein Stück frischen Ricotto, eine zahme Amsel oder eingesponnene Seidenraupen. – Alles konnte in Demut dargebracht werden, alles wurde huldvoll angenommen, überschwenglich bewundert und einer eingehenden Betrachtung unterzogen.

Es war erstaunlich, in welchem Maße der Geist unsres Liebenden erfinderisch war betreffs der Dinge, mit denen er allabendlich sein Fazzoletto für die Geliebte füllte. Seine Einbildungskraft verfiel auf wahrhaft lucullische Leckerbissen. In dem Menü, welches er für die Schöne zusammenstellte, paradierten Froschschenkel und junge, zarte Eulen, Fluß-, Taschenkrebse und Landschildkröten; die Frösche fing er im Cypressenteich der Villa Falconieri, die Eulen holte er aus den antiken Ruinen, und um seiner Angebeteten ein Gericht Taschenkrebse und Schildkröten zu verschaffen, stieg er in die Campagna hinunter, wo er seine Jagdzüge bis nach dem ehrwürdigen Becken des Gabiischen Sees ausdehnte. Einmal gelang ihm in der Macchia von Pontano der Fang eines jungen Stachelschweins. Aus den Froschkeulen machte die schöne Sabina ein Fritto, die jungen Eulen schmorte sie mit Liebesäpfeln, die Krebse röstete sie lebendigen Leibes, während Schildkröte und Stachelschwein *in padella* zubereitet wurden.

Aber die Triumphe, die Freund Lucull jeden Abend an der Piazza Spineta feierte, wurden ihm durch die Existenz seiner Mitbewerber vergällt, deren so viele waren, daß Sabinas Kammer sie nicht zu fassen vermochte und die Schöne ihren Hofhalt jeden Abend auf den geräumigen Flur einer befreundeten Nachbarin verlegen mußte. Hier saß man um die dreiarmige Oellampe bis nach Mitternacht beisammen, gewöhnlich fand sich noch die eine oder andre Freundin und Gevatterin mit ihrer Spindel ein, und ein jeder und eine jede bemühten sich, auf das anmutigste und witzigste Konversation zu machen. In dieser liebenswürdigen Kunst konnte nun unser Lucull als ein wahrer Meister gelten. War er erst im vollen Eifer des Erzählens, so leuchteten seine Augen, so glühten seine Wangen; immer neue, noch lustigere, noch erstaunlichere Dinge fielen ihm ein, daß der Hofstaat der Königin aus dem Kichern und Lachen gar nicht herauskam. Und gar wenn er seine Guitarre mitbrachte. Dann spielte er und sang dazu, daß auf der Piazza die Leute zusammenliefen, viele ins Haus drangen und nach jedem Liede ein allgemeines Bravo und » *bis, bis!*« ertönte. Natürlich richtete der verliebte Spielmann alle seine zärtlichen Weisen, schwermütigen Lieder und glühenden Strophen unmittelbar an die Geliebte seines Herzens, wendete beim Singen kein Auge von ihr und sagte ihr in jeder Tonart, daß er, wenn sie ihn nicht baldigst erhöre, allernächstens entweder sich oder sie umbringen würde.

So ging Abend für Abend an dem Liebeshimmel der schönen Sabina Lucullo als Stern auf, dessen Glanz die andren Lichter verdunkelte.

Der Inhalt seines Fazzolettos wurde von Tag zu Tag merkwürdiger, sein Gesang schmelzender, seine Liebe leidenschaftlicher, seine Wut auf die Sippe seiner Nebenbuhler grimmiger.

Diese Menschen waren Tölpel, Tröpfe, dumme Bestien; aber ein jeder von ihnen besaß das Zwanzig- und Dreißigfache wie der arme Lucullo. Der eine hatte ein einträgliches Geschäft, der zweite ein

Haus, der dritte einen Weinberg, der vierte lebte sogar von seinen Renten. Bei so klingenden Vorzügen hatte es – das leuchtete selbst Lucullo ein – nichts auf sich, wenn sie im übrigen Tölpel, Tröpfe und dumme Bestien waren. Sie kamen, thaten vornehm, schauten die Schöne mit verliebten Blicken an, redeten albernes Zeug, sahen den Anstrengungen des armen Flickschusters, den Galanten und Liebenswürdigen zu spielen, gleichmütig zu, ergötzten sich wohl gar an seiner Liebesleidenschaft. Im stillen war jeder überzeugt, daß er und kein andrer die Schöne heimführen werde; denn jeder bildete sich ein, mehr zu besitzen als der andre, und auf dieses Mehr kam es bei der Sache an.

Das wußte Lucullo sehr gut, und er war viel zu sehr der Sohn seines Volkes, um daran etwas Besondres zu finden. Es gab Zeiten, wo er seine Bewerbung für vollständig hoffnungslos hielt, wo er sich einen Tropf, einen Tölpel, eine dumme Bestie schalt, Zeiten, wo er wie ganz Frascati nicht begriff, daß die Schöne nicht schon längst ihre Entscheidung getroffen hatte, eine Entscheidung, die selbstverständlich auf denjenigen fiel, der seinen Antrag durch die größte Ziffer unterstützen konnte.

Sie brachte es fertig, alle in Aufregung und Ungewißheit zu erhalten. Keinen ermutigte sie, keiner konnte sich der leisesten Auszeichnung rühmen; für jeden hatte sie denselben Blick, dasselbe Lächeln; zu Lucullos witzigsten Redensarten, seinen lustigsten Schwänken, schwermütigsten Balladen und fettesten Froschschenkeln machte sie genau dasselbe gleichmütig-gnädige Gesicht wie zu den albernen Späßen, mageren Hühnern und seidnen Bändern jener reichen Dummköpfe.

Zu andern Malen fühlte Lucullo wiederum eine starke Zuversicht, in welcher Stimmung er sich sagte: Es ist wahr, du bist ein armer Schlucker und keine andre würde dich nehmen; sie ist aber nicht wie die andern und warum sollte es ihr nicht gefallen, dich zum Mann zu nehmen? Als ob sie einen Hübscheren und Lustigeren und Verliebteren fände?! Ich werde ihr die Treppe schon breit genug machen, daß sie bequem zum Villino hinauf käme. Der Villino, das ist es eben! Sie traut dem Villino nicht. Und aus der schönen Aussicht dort oben macht sie sich nichts. Ja, wenn ich ein andres Haus hätte! Mein Haus ist es! Sie glaubt, was die dummen Leute von meinem Hause reden, und will mit ihrer jungen Schönheit in keinem Grabe wohnen. Der Teufel soll diesen Sor Lucullo holen. Warum mußte sich der Mann auch gerade ein solches verrücktes Ding bauen lassen? Ich wollte, ich könnte ihm meine Meinung sagen: der sollte es von mir zu hören bekommen....

Der aufregendste Tag der Woche für Lucullo war der Sonntag. Gegen Abend, wenn sich halb Frascati vor der Porta Romana befand, begab sich auch unser Sor Lucullo, von Kopf bis zu Füßen ein Signore, seine Minghetti oder Cavour dampfend, auf die Passeggiata, die sich längs der Villen Aldobrandini und Torlonia, oberhalb des neuen Bahnhofes dahinzieht, mit weitem Blick auf Land, Gebirge und Meeresküste. Zu beiden Seiten des Laubganges von japanischem Flieder, auf dem die alten und jungen, die häßlichen und schönen Frascatanerinnen in ihrem besten Staate langsam und würdevoll hin und her wandelten, bildete sich ein dichtes Spalier von Zuschauern: der römische Nobile neben dem halb in Ziegenfell gekleideten Sabiner, der Ciocciare neben dem behäbigen Bürger und Weinbauern; Handwerker und Soldat, sämtliche Honoratioren, die ganze goldne Jugend Frascatis stand hier beisammen. Hier stand auch Lucullo. Frascatis Frauengeschlecht ging an ihm vorüber: die, welche den Hut, das Abzeichen der Signora tragen durften, und die, denen die Sitte für ihr Haupt nur den Schleier oder das hellfarbige Wolltuch gestattete. Sie zogen zu zweien, zu dreien, zu vieren, immer nur Hut mit Hüten, Schleier mit Schleiern. Wenig half es den Trägerinnen der letzteren Zierde im Ansehen der Stadt, daß sie sich gerade wie eine Signora kleideten, nach neuester römischer Mode, in Samt und Seide, und einen mächtigen Fächer entfaltend – der Hut fehlte und somit die Weihe des höheren Standes.

Der ländlichen Sitte gemäß redeten sich gute Bekannte, die sich auf der Passeggiata begegneten, nicht an; fremd gingen sie aneinander vorüber, mit erkünstelt gleichgültigem Blick die Pracht des neuen Kostüms streifend, darin die Freundin heute prunkte. Keiner der Herren grüßte. Ein schwerer Verstoß gegen die Gesetze der ländlichen Passeggiata wäre gewesen, wenn ein junger Mann eins der Mädchen angeredet hätte.

Gleichgültig betrachtete Lucullo den Zug der Frauen und Mädchen; denn die eine war noch nicht da. Dann kam sie! Ein helles

Tuch über ihrem leuchtenden Haar, um den Hals eine schwere goldne Kette, das dunkle Kleid ohne jede Nachäffung großstädtischer Mode, aber ein wenig auf dem staubigen Boden nachschleppend. Wie schön sie war! Alle sahen auf sie, die von einer Nachbarin begleitet wurde. Sich auf der Passeggiata ohne Begleitung zu zeigen, hätte selbst sie nicht gewagt.

Leise mit ihrer Gefährtin redend und voll Würde sich fächelnd, schnitt sie an Lucullo vorüber, ihm so wenig wie einem andern einen Blick gönnend. Seine Augen folgten ihr. Sie ging so langsam, sie ging, als wäre sie ermüdet. Dem Verliebten kam ein entsetzlicher Gedanke: sie trug seine Schuhe und seine Schuhe drückten sie!

Ganz verstört blickte Lucullo hinfort einer jeden starr auf die Füße. Sein Gesicht erhellte sich, wenn er zu erkennen meinte: das ist auch eine, die der Schuh drückt!

Viertes Kapitel

Unter den Freiern befand sich einer, der Lucullo selbst in seinen hoffnungsvollsten Stimmungen überaus gefährlich erschien. Es war dies der langweiligste von allen, ein träger, hagerer, langer Geselle, steif wie aus Holz geschnitten, mit einem Gesicht, darin keine Muskel sich bewegte, trotz seiner Jugend ein alter Mann und so sauertöpfisch, daß Lucullo von ihm behauptete, er hätte statt des Blutes Essig in den Adern. Selten sprach er ein Wort, niemals lachte oder lächelte er; aber immer war er da: der erste, der kam, der letzte, der ging. Er hockte stets in demselben Winkel und starrte mit seinen hellen, blöden Augen unverwandt die Schöne an; man sagte ihm nach, daß er bis dahin noch keinem Weibe ins Gesicht gesehen, sich für Frauenreize überhaupt gänzlich unzugänglich gezeigt hätte. Um so verliebter war er jetzt. Der seltsame Kauz hieß Pepino Bonifazi; aber wie Lucull, hatte er einen Beinamen, über dem sein eigentlicher Name fast vergessen wurde. Auch jener Beiname war überaus absonderlich; hieß doch der biedere Pepino in der ganzen Gegend, wie eins der berühmtesten Geschlechter des Altertums geheißen hatte: nämlich Catone, Sor Catone, und es rührte dieser Name – gerade wie bei Lucullo – von dem Ort her, wo der gute Pepino wohnte.

Sor Catone war nämlich kein Frascataner, sondern stammte aus dem berühmten Weinstädtchen Monte Porzio, woselbst seine Familie seit geraumen Zeiten eine umfangreiche Vigna besaß. Seine Eltern waren tot und er bewirtschaftete in vollster Unabhängigkeit seinen Weinberg, der zwischen Monte Porzio und Frascati lag und der sich von den tusculanischen Abhängen bis zur Landstraße hinabzog. Die »Vigna del Catone« war wegen ihres schweren, feurigen Weines weit und breit berühmt; nur bedauerte man allgemein, daß inmitten des schönen Grundstückes die Ruinen einer mächtigen antiken Villa lagen und somit ein großer Teil des köstlichen Bodens für die Kultur des Weinbaues verloren ging, wodurch der Wert des schönen Besitztums um ein Bedeutendes geschmälert wurde.

Zu Anfang dieses Jahrhunderts, da man die ganze Gegend nach vergrabenen Schätzen und verschütteten Bildwerken durchsuchte, fanden sich namentlich in dieser Vigna viele prächtigen Marmorsa-

chen: Statuen, Inschriften, Mosaiken, welche entweder von Napole-
on für den Louvre, oder vom Papst für das lateranische Museum
angekauft wurden. Später blieb die Ruine, nachdem die Familie
durch ihre Ausbeutung begütert geworden, als ein Stein des Ansto-
ßes inmitten des weiten Rebengefildes liegen. Nun hatten die Ge-
lehrten, die jedes Stücklein antiken Gemäuers voller Behagen mit
einem möglichst hochklingenden Namen tauften, ausfindig gemacht, daß jene großen und prächtigen Ruinen zu dem tusculanischen Landhause des Cato von Utica gehörten, dessen Geschlecht
hier umfangreiche Gründe besessen; wie denn auch der Name des
nächsten Ortes, Monte Porzio, von Portius, dem Familiennamen der
Catonen, abgeleitet wird. Damit das alte Gemäuer doch zu etwas
dienlich sei, ließ der junge Pepino nach seines Vaters Tode ein Haus
in die Ruinen hineinbauen; denn er war ein überaus weiser junger
Mann. Weil nun der Villino des Pepino in den Ruinen der Villa der
Catonen stand, so dauerte es nicht lange, und der Name des Hauses
war auf den Besitzer übergegangen. Auf diese Weise wurde aus
einem modernen Pepino ein Cato.

Er war wirklich die Tugend in Person. Sogar die guten Weine, die
er aus seinen Reben gewann, ließ er lieber von andern trinken, als
daß er sie selbst getrunken hätte. Jeden Monat genoß unser Men-
schenfreund den schönen Anblick, aus seiner Vigna einen langen
Zug Maultiere traben zu sehen, von denen ein jedes zwei Fäßchen
guten Rebensaftes auf seinem Rücken gen Rom trug. Das schrille
Geläut der Schellen an dem Halse der Tiere dünkte den Weisen die
lieblichste Musik; denn diese gellenden Töne klangen den Ohren
unsres Cato gleich dem holden Getön, das aufgezählte Scudi verur-
sachen. Um möglichst häufig in diesem Wohllaut schwelgen zu
können, trank er selten andern Wein als jenen abscheulichen Auf-
guß, wie ihn die römischen Landleute auf das Feld mitnehmen. Bei
jedem Schluck des elenden Gebräus freute sich der Weise, daß er
nicht bei jedem Schluck nachzurechnen brauchte, um wie viele Ba-
jocchi er sich leichtsinnigerweise brachte. Was für einen schlagende-
ren Beweis seiner catonischen Weisheit hätte er wohl vorbringen
können, als durch diese Handlungen zu zeigen: Ich bin der Mann,
der das Problem gelöst hat; denn ich weiß, was das Geld bedeutet,
ich liebe das Geld, ich verehre das Geld, ich würde das Geld anbe-
ten, wenn ich dadurch zu Geld käme. O, ich bin ein Weiser!

Er liebte es, sich in sinnreiche Betrachtungen zu vertiefen. Wenn er im Frühling durch seine Vigna ging, grübelte er darüber; warum der Weinstock nicht ohne die Arbeit und Hilfe des Menschen wachse und Früchte trage; warum die Früchte sich nicht selbst kelterten, der Wein nicht von selbst sich in Fässer ergoß, die fertig, mit festen Reifen und geteert, auf den Bäumen wuchsen. Was kostete es, bis ein Weinberg so weit gebracht war, daß er den Saft seiner Trauben hergab! Am besten war unser Cato auf die Sonne zu sprechen, welche die Reben reifte und das Blut in den Trauben kochte, ohne daß sie dafür bezahlt werden mußte. Mit Ausnahme dieses himmlischen Feuers und des Regens war nichts auf Erden umsonst.

Ungemein befriedigte den Weisen die Einrichtung der menschlichen Natur, zu ihrem Bestehen nicht viel mehr zu brauchen als eine Handvoll roher Bohnen, eine Schüssel Salat, daran der Mensch, wollte er auf die Höhe seines Daseins gelangen, das Oel sparen konnte, und ein Stück Brot, das sehr hart und sehr grau sein durfte. Bei der Beschaulichkeit seines Wesens würdigte Catone diese Herrschaft, die der Mensch über seine Begierden auszuüben vermochte, in ihrem ganzen Umfange; ein Ciocciare, der zum großen Teil von Zwiebeln lebte, und ein Ochse, der mit hartem, dürrem Gras vorlieb nahm, standen dem Weisen sittlich viel höher als einer jener Schlemmer, denen man nachsagte, daß sie täglich Pfunde von Maccaroni verschlangen, wohl gar *Maccaroni al burro* oder *al sugo!* Wie man gern lachen konnte, darüber gab ihm seine Philosophie keine genügende Erklärung; wenn er die Leute zum Rasseln des Tamburins tanzen sah, hatte er die Empfindung, als sähe er die menschliche Vernunft selbst sich im Kreise drehen. Die Vögel, von deren Gesang seine Oliveta erschallte, stellte er auf eine Stufe mit jenen Maccaroni-Essern; und er freute sich – soweit er sich überhaupt zu freuen vermochte – wenn das unnütze Singvieh weggeschossen wurde. Besonders waren unserm Cato die Lerchen, Amseln und Nachtigallen verleidet.

Er hatte sich in seiner Vigna nur deshalb ein Haus gebaut, weil ihn der schöne, unbenutzte Travertinstein ärgerte, der in solchen Mengen umherlag, daß man davon eine Stadt hätte aufmauern können. Da indessen niemand auf den Einfall kam, in der Nähe von der Vigna des Cato ein zweites Rom zu gründen, und die Leute in Monte Porzio sowohl, wie in Frascati Ruinen genug hatten, ärgerte sich unser Weiser so lange über die Verschwendung von Baumaterial auf seinem Grund und Boden, bis er sich entschloß, das Haus seiner Väter in Monte Porzio zu vermieten und für sich und sein von ihm zu zeugendes Geschlecht eine neue »Villa der Catonen« erstehen zu lassen.

Dieses Landhaus wurde das närrischste, wunderlichste Bauwerk, welches man sich denken konnte. Unser Weiser wollte natürlich von keinem Architekten hören; er dingte selbst die Handwerker und nun konnte das Bauen anfangen und weitergehen, so gut es eben ging. Die größte Freude seines Lebens bereitete ihm der Umstand, daß er den zum Bau nötigen Kalk nicht zu kaufen brauchte, sondern ihn selbst brennen konnte – aus dem Marmorgetrümmer, das überall herumlag. Er ließ einen Ofen herrichten, wohinein das antike Gerümpel gesteckt wurde: Fragmente von Säulen, Gebälkstücke, Kapitäle, Inschrifttafeln – alles kam in den feurigen Ofen! Auch sonst bereitete der Bau keine großen Schwierigkeiten. Sor Catone wählte den besterhaltenen Teil der Ruinen und flickte das alte, herrliche Mauerwerk einfach aus. Die Fresken, die sich noch da und dort an den Wänden befanden, übertünchte er säuberlich, die Reste einer Marmorbekleidung in einer weiten Halle riß er voll Ordnungsliebe von den Mauern herab, verschonte dagegen einige Mosaikfußböden, sowie Stuccaturen an der Decke, die sich noch in so trefflichem Zustande befanden, daß die Ausgabe von Ziegeln für den Fußboden und die Holzbekleidung für die Decke gespart werden konnte. Großes Kopfzerbrechen verursachten ihm die vielen tiefen Nischen, welche die Wände unterbrachen. Wozu dieselben gedient hatten, war ihm gleichgültig, er überlegte nur, wozu sie ihm dienen könnten, und verfiel schließlich darauf, sie mit leeren Wein- und Oelfässern auszufüllen.

Als das Haus fertig stand, wurde der herrliche, wie Gold strahlende Travertin sauber abgeputzt und schön rosenrot angestrichen, ein Dutzend Gerätschaften hineingestellt, und nun begann der Weise seine Gedanken auf eine Hausfrau zu richten. Denn wohl vertraut mit den großen Eigenschaften seiner Person, hielt er es für seine Pflicht, das Geschlecht der modernen Catonen fortzupflanzen. Wochenlang ging er in tiefem Sinnen umher, alles bedenkend und sämtliche Jungfrauen auf ihre Tugenden, also auf ihren Geldwert, prüfend und wägend, eine schwere und mühevolle Arbeit, welcher sich der zukünftige Vater der Catonen mit aller Geduld unterzog und die er voller Weisheit zu Ende führte. Seine Wahl fiel auf eine gewisse Filomela Barocchi, eine Jungfrau, ebenso tugendhaft wie er selbst und beinahe noch weiser als er; denn sie liebte das Geld in einem Maße, daß unser Cato nicht zweifeln konnte, für das zu gründende Catonengeschlecht die würdige Stammmutter gefunden zu haben. So standen die Dinge, als ein schnöder Zufall das ganze Kalkül des großen Mannes über den Haufen warf: der weise Cato sah die schöne Sabina.

Das ist im Leben häßlich eingerichtet, daß selbst der weiseste Mensch nicht davor sicher ist, eine Dummheit zu begehen, die dann gewöhnlich eine recht gründliche Dummheit ist. Unser Cato verliebte sich dermaßen in Frascatis größte Schönheit, als ob er der erste beste, dumme Junge gewesen wäre. Er schien plötzlich gar nicht mehr überlegen zu können; und was das Rechnen anbetraf, darin er bei all seiner Jugend die Erfahrung des Alters besaß, so war er plötzlich außer stande, zu berechnen, wie wenig Geld und wie viele Freier die Jungfrau hatte, die er zu seinem Weibe und zur Mutter der Catonen zu machen gedachte. Es gab für ihn gar keine reiche und weise Filomela Barocchi mehr, es gab für ihn nur die schöne, die wunderschöne Sabina, die, indem sie aus einem Geizhals einen Verschwender machte, das größte aller Wunder bewirkte. Denn jeden Nachmittag ließ der verliebte Philosoph in seinem Weinberg ein Körbchen mit Früchten und eine Foglietta mit Wein füllen, oder er ließ ein Huhn schlachten, oder er kaufte in Frascati einen Fächer, einige Bänder, einen Schleier als Tribut für seine Schöne. Man konnte ihm nicht nachsagen, daß er alle diese Dinge gern that, aber er that sie doch, sich wohlweislich hütend, darüber Betrachtungen anzustellen, wie dies eigentlich in seiner Natur lag. Die Liebe zur schönen Sabina machte den Weisen treulos gegen sein eigenstes Wesen.

Und Abend für Abend trat er mit dem Körbchen oder der Foglietta, mit dem Huhn oder dem Putzwerk seinen Leidensgang an; denn es war seinem streng sittlichen, ernsthaften und männlichen Wesen zuwider, ein Mädchen, welches er zum Weibe haben wollte, nicht kurzweg zum Weib nehmen zu können, sondern erst um das Mädchen werben zu sollen. Wenn er in dieser Sache etwas nicht begriff, war es, daß man ihn, den Sor Catone, werben lassen konnte. Er fand es eines weisen Mannes unwürdig, Abend für Abend von Monte Porzio nach Frascati zu gehen und im Winkel eines fremden Zimmers zu sitzen, kein kluges Wort reden zu können, dafür die größten Narrheiten anhören zu müssen: Geschwätz, Gelächter, Geklimper und Gesang. Es blieb unserm Cato vollkommen unerfindlich, wie ein Mädchen, dem zugedacht worden, sein Weib und die Mutter seiner Sühne, der modernen Catonen, zu werden, an derartigen Dummheiten Gefallen finden, wie dieses Mädchen überhaupt noch im Zweifel sein konnte, ob sie den zukünftigen Vater jenes glorreichen Geschlechtes zum Manne nehmen wollte oder nicht. Er beschloß also, in allernächster Zeit mit der Schönen zu reden.

Fünftes Kapitel.

In allernächster Zeit ein Wort mit der vielumworbenen Schönen zu reden, hatte auch Lucullo beschlossen. Er ertrug diesen Zustand nicht länger. Seine erschöpfte Phantasie war nicht länger im stande, jeden Tag etwas andres zu ersinnen, das er abends im Fazzoletto der Schönen überreichen konnte. Er wußte keine neuen Melodieen, keine neuen Lieder mehr, fühlte seinen Witz erlahmen und seine Eifersucht bis zur Tollheit wachsen. Uebrigens: was wollte sie? Seitdem er ihr ein Paar neuer Schuhe gemacht hatte, war er kein Flickschuster mehr; und sie wollte ja nicht zugeben, daß die Schuhe drückten. Es war doch gewiß sehr in Betracht zu ziehen, einen Mann zu haben, der für seine Frau jederzeit ein Paar Schuhe machen konnte; nicht allein für die Frau, sondern auch für die Kinder, für eine ganze Schar von Kindern! Lucullo nahm sich vor, ihr das recht eindringlich vorzustellen.

Eines Sonntags vormittags also begab er sich zu ihr; aber wie ward ihm zu Mute, als er bereits einen andern bei ihr fand: den Sor Catone, als er vernahm, daß vor ihm bereits Sor Catone mit der Schönen gesprochen hatte, von der Schönen bereits angenommen worden war. Totenblaß stand er da, sagte kein Wort, blickte bald den Bräutigam, bald die Braut an, hätte am liebsten zuerst dem Bräutigam und dann der Braut ein Leides zugefügt. Sor Catone strahlte, aber mehr von Selbstgefühl als von Glück. Er hatte gewußt, daß er die Braut heimführen würde; denn er hatte gewußt, daß die Braut rechnen konnte, eine Kunst, darin er einst Meister gewesen und die er jetzt vollkommen verlernt zu haben meinte. Die Schöne dagegen that, als wäre nichts geschehen, zeigte sowohl ihrem Verlobten, als dem armen Flickschuster ein höchst gleichmütiges Gesicht; doch als Lucull wütend fortstürzen wollte, sagte sie mit lauter Stimme, ohne sich an ihren Bräutigam zu kehren: »Höre du, Lucullo, ich habe dir etwas zu sagen.«

Lucullo blieb stehen.

»So sag's.«

»Daß du dich wie ein rechter Narr aufführst.«

Lucullo schrie: »Und du wie eine rechte Närrin!«

Sie lachte.

»Weil ich dich nicht zum Manne nehme?«

»Weil du lieber einen mit Silber beschlagenen Stock zum Mann nimmst als mich.«

Damit war er zur Thür hinaus. Von den beiden Zurückgebliebenen war der Bräutigam von ausnehmender Würde, die Braut von ausnehmender Lustigkeit.

Acht Tage lang sprach man in Monte Porzio sowohl wie in Frascati von dem großen Ereignis: Der reiche Sor Catone heiratet die arme Sabina!

Wäre der reiche Sor Catone erstochen worden, oder hätte die arme Sabina in der Tombola eine Quaterne gewonnen, es wäre nicht eine Sache von solcher Wichtigkeit gewesen. Halb Frascati kam zu Lucullo gelaufen: »Weißt du schon? Der reiche Sor Catone heiratet die arme Sabina. Ist der dumm!« Worauf Lucullo gleichmütig erwiderte: »Ist die dumm! Die arme Sabina hätte den armen Lucullo zum Mann bekommen können und sie nimmt den reichen Sor Catone.«

Die Ueberbringer der Verlobungsnachricht waren daher von der Wirkung, die ihre Neuigkeit auf unsern Flickschuster ausübte, zunächst etwas enttäuscht; dann aber mußten sie lachen und schließlich meinten sie: »Freilich war sie dumm. Denn nach einem so lustigen Mann, wie der arme Lucullo einer ist, kann sie weit und breit suchen.« Und die guten Leute rühmten den Witz des abgewiesenen Freiers in der ganzen Stadt.

Weil er wußte, daß es der Braut etwas die gute Laune verdarb, saß Lucullo wie in seinen besten Zeiten den ganzen Tag über vor seinem Grabmal, pfiff und sang, hämmerte und stickte den ganzen Tag, als hätte er niemals in seinem Leben ein Paar neuer Schuhe gemacht. Anders des Abends, wenn er seine Arbeit eingestellt, sein Abendbrot eingenommen und sein Haus geschlossen hatte. Dann brach es aus ihm hervor wie ein Krampf, alle Qualen eifersüchtiger Liebe, sinnloser Eifersucht, tödlich beleidigten Stolzes. Stöhnend wälzte er sich auf seinem Lager, raste gegen die Schöne: weil dieses Weib nicht in von ihm verfertigten Schuhen an seiner Seite durchs Leben gehen wollte; raste gegen den Sor Catone: weil dieser Mensch eine Vigna, eine Oliveta und eine Villa besaß; raste gegen sich selbst: weil er ein armer Flickschuster war und weil er gegen die beiden raste, anstatt die glückliche Braut ein albernes Geschöpf und den glücklichen Bräutigam einen Dummkopf zu heißen. Noch elender, als während dieses Paroxismus von Leidenschaft, fühlte er sich in den Stunden, wo er genügend bei Verstand war, um einzusehen, daß die Schöne sehr gescheit gewesen, den armen Freier laufen zu lassen und den reichen zu nehmen, und daß im ganzen römischen Reich jede andre genau dasselbe gethan haben würde. In solchen Augenblicken der Erkenntnis erinnerte er sich ihrer letzten Worte und gestand sich, daß sie vollkommen recht gehabt, ihn einen Narren zu schelten. Und was das Schlimmste war: er blieb ein Narr; denn er blieb verliebt.

Einen wahren Haß warf er auf sein kleines, hübsches Haus; denn immer mehr wurde es ihm zur Gewißheit, da es hauptsächlich sein Haus gewesen, daran die schöne Sabina Anstoß genommen und weshalb sie verschmäht hatte, Frau Lucullo zu werden.

Und sein Ingrimm steigerte sich, wenn er des Erbauers seines Hauses gedachte. Warum hatte der Mann nicht ein Haus bauen können wie andre vernünftige Menschen?!

Einmal sah er sie. Sie kam aus dem Vicolo, ging langsam über den Platz, dicht an seinem Hause vorüber, blieb, ihren Fächer entfaltend, vor ihm stehen und sagte mit ihrer wohlklingendsten Stimme: »Da bist du ja.«

Er versetzte, daß er allerdings da wäre.

»Wie geht dir's?«

Er antwortete, es ginge ihm nicht schlecht.

»Wir haben uns lange nicht gesehen.«

Er meinte, so lange wäre es doch nicht. Und da sie darauf eine Miene machte, als ob sie lachen wollte, so spitzte er seinen Mund, als wollte er pfeifen. Nun lachte sie wirklich, nun pfiff er wirklich.

Nachdem dieses hübsche Duett eine Zeitlang gedauert hatte, wurde er zornig, warf das Leder, auf das er gerade loshämmerte, fort, schlug die Arme übereinander, sah die schöne Treulose mit seinen hübschen, schwarzen, leuchtenden Augen bitterböse an und fragte: Ob sie vielleicht zu ihm gekommen wäre, um ihm ihre zerrissenen Schuhe zum Flicken zu bringen?

Aber ihre Schuhe waren heil und ganz.

Dann wäre sie wohl gekommen, ihn zur Hochzeit einzuladen?

Auch darum nicht. Die Einladung zur Hochzeit ging sie nichts an, das war die Sache des Bräutigams. Ob sie ihren Bräutigam bitten sollte, ihn einzuladen?

Wie sie wollte.

Sie darauf: Er früge ja gar nicht, wann die Hochzeit wäre?

Das ging ihn nichts an: er wollte nur wissen, weshalb sie zu ihm gekommen?

Da bekam er es zu hören: »Um zu sehen, ob du noch immer ein Narr bist.«

»Nun, bin ich noch einer?«

»Ja.«

Sie klappte ihren Fächer heftig zusammen, warf ihrem abgewiesenen Freier einen verächtlichen Blick zu, schritt stolz davon auf das Kreuz zu. Er rief ihr nach: »Wenn du heute beichtest – meinethalben brauchst du kein böses Gewissen zu haben. Ein Narr bin ich freilich immer noch, aber kein verliebter Narr mehr.«

Er horchte, ob sie ihn vielleicht auslachte. Aber sie ging ruhig ihres Weges weiter. Von diesem Tage an that Lucull nichts andres mehr, als darüber nachzugrübeln, warum er wohl noch immer ein Narr sein sollte und warum sie sich davon hatte überzeugen wollen. Doch so sehr er sich auch den Kopf zerbrach, er ward sich darüber nicht klar.

Was ging es sie an? Er konnte ein so großer Narr sein, wie ihm beliebte.

Kurze Zeit nach dieser Unterredung erfuhr Lucullo durch seine Freundinnen und Klientinnen, wann der reiche Sor Catone und die arme Sabina Hochzeit hielten: am 24. März, also sehr bald. Lucullo vernahm, was für ein Kleid die Braut tragen würde und wie viele Kleider sie von ihrem Bräutigam außerdem geschenkt erhalten hatte; man beschrieb ihm jede Kette, jedes Armband, jeden Ring; man teilte ihm mit, wo das Hochzeitsmahl stattfinden sollte und was die Gäste zu essen bekommen würden: *Maccaroni al burro* und *Maccaroni al sugo, Fettuccini al pomo d'oro* und *gnocci al pomo d'oro*; dann *fritto misto*, dann *manzo in umido*, dann *arrosto*; endlich *zuppa inglese* – ein Fürst hätte seinen Gästen kein herrlicheres Mahl auftischen können!

Die guten Frascatanerinnen wußten noch mehr: Gleich nach dem Hochzeitsmahl fuhr das Brautpaar mit allen Gästen nach Grottaferrata, wo »Schinkenfest« war und wo zum zweitenmal gegessen und getrunken werden sollte. Abends begaben sich die Neuvermählten der Sitte gemäß zu Wagen nach Rom, wo sie – auch der Sitte gemäß – eine volle Woche in Herrlichkeit und Freuden zubrachten, worauf der junge Ehemann seine junge Frau in sein Haus führte. Nun wußte Lucullo Bescheid.

Mit jedem Tage verdüsterte sich sein Gemüt mehr. Er stellte die Arbeit gänzlich ein, schloß sein Haus zu und trieb sich von Morgen bis Abend umher. Entweder er saß in einer Osteria, wo er die feurigsten Weine hinunterstürzte, oder er verließ die Stadt, stieg nach Tusculum hinauf, durchstreifte die Ruinen, warf sich erschöpft nieder und blieb stundenlang liegen, in die Luft starrend und mit offnen Augen träumend.

Als er am Morgen des Hochzeitstages erwachte, war sein Entschluß gefaßt. Obgleich es ein Festtag war, zog er nicht seinen »Herrenanzug« an; er band die Leinwandtasche um, die jeder Frascataner als leidenschaftlicher Vogeljäger besitzt, warf die Büchse über die Schulter, steckte zu sich, was er an Geld besaß, und verließ das Haus. Als er am Dom vorüberging, wurde drinnen Messe gelesen. Einen Augenblick dachte er daran, hineinzugehen und die Kugel ins Weihwasser zu tauchen: doch er war sicher, auch ohne das zu treffen.

Im »Sole« nahm er eine frühzeitige Colazione ein, sah die Hochzeitstafel decken und mit Bollwerken von Blumen, Pizzen, Ciambelli und Confetti beladen, aß und trank mit gutem Appetit und begab sich sodann auf den Weg.

Er ging nicht die große Landstraße, die über Marino nach Albano führt, und die an diesem Tage von Fuhrwerken, Reitern und Fußgängern wimmelte; sondern er nahm den Seitenweg über Villa Muti durch den Wald von Grottaferrata. Auch auf diesem Wege war ein buntes Getreibe; denn der Markt, der in der alten, berühmten Klosterstadt zweimal des Jahres stattfindet, ist das Lieblingsfest des Volkes, zu dem die Landleute aus den Marken, den Sabinerbergen und den Abruzzen herbeigeströmt kommen, die einen auf Maultieren und Eseln, die andern auf Ochsenkarren. Seit Lucullos Kinderzeiten war der Jahrmarkt von Grottaferrata für ihn der höchste Festtag gewesen; daß er heute an der allgemeinen Lust nicht von ganzem Herzen teilnehmen konnte, steigerte den Groll gegen die Braut, den Haß gegen den Bräutigam bis zum Aeußersten. Er mußte sich vorstellen, welche Feier es heute hatte für ihn sein können: neben dem Maultier, das seine Braut, die schöne Sabina, trug, durch das Gewühl zu schreiten. Da hätte die Welt erfahren sollen, was für ein glücklicher Mann solch ein armer Flickschuster zu sein vermochte. Statt der Welt einen glücklichen Mann zeigen zu können, mußte er unter den Scharen von Glücklichen einsam hinwandern, darauf bedacht, wie er einen Menschen am sichersten niederschoß.

Viele der Frascataner, die auf demselben Wege nach der Klosterstadt zogen, fragten ihn, was für einem seltenen Wild er heute nachzustellen gedächte, daß er am Festtage auf die Jagd ginge? Lucullo erwiderte in seiner lustigsten Weise, sie würden es gewiß erfahren, was für einen Vogel er gejagt hätte; vielleicht käme ihm nur ein Gimpel in den Schuß.

Als er den Wald erreichte, bog er vom Wege ab und verlor sich in die Dickichte. In den Kronen der Eichen, bis zum Wipfel mit Epheu umsponnen, ertönte ein Chorus jubelnder Vogelstimmen, durch das düstere Gezweig des Lorbeers und Mastix schlüpften glänzende Blaudrosseln, wilde Tauben gurrten in den Laurustinusbüschen; aber der Jäger kümmerte sich nicht um sie. Er hielt es nicht lange aus in der Einsamkeit und schlug sehr bald eine Richtung ein, die ihn wieder unter Menschen und nach dem Kloster brachte.

Die Ulmenallee, welche, das reiche Weinland durchschneidend, vom Walde her dem Heiligtum zuführt, glich heute dem Bett eines lebendigen Stromes, der sich mit tausendstimmigem Getöse schwerfällig vorwärts wälzte. Weithin leuchteten die roten Röcke der Ciocciarenweiber, die gelben Mieder der Frauen von Olevano und Genazzano, die bunten Schürzen der Mädchen aus Subiaco und Scarpa; und über den braunen Gesichtern, auf dem düstern Haar glänzten die weißen Schleiertücher.

Zu beiden Seiten der Straße bildeten die Bettler Spalier, auf Leintüchern ausgestreckt liegend, ihre scheußlichen Gebrechen, ihre eiternden Wunden und schrecklichen Verstümmelungen entblößend und mit gellendem Geschrei von der Menge den Obolus heischend. Lucullo warf sein sämtliches Kupfergeld auf die ausgebreiteten Laken. Alle schrieen ihm nach, daß sie für ihn beten wollten. Das konnte seinem Unternehmen nicht schaden.

Dann trieb er mit der Menschenflut auf der weiten Festwiese umher, die sich durch das ehrwürdige Thor in das Innere des Klosters zieht. Es war genau so, wie es bereits zu Lucullos Kinderjahren gewesen. Da befanden sich die Hügel von Schinken und Speckseiten, die vom Landvolke von weither herbeigeschleppt worden waren, um dieses köstlichste und ziemlich einzige Produkt ihrer Kultur in Grottaferrata an die Römer zu verkaufen; da waren die mit Rosmarin und Gewürzen gefüllten, an Spießen von Olivenholz gebratenen Schweine, die aus Lorbeerzweigen und Ginster erbauten Hütten, die lodernden Feuer, auf denen in gewaltigen Kesseln Meerfische brieten, die riesigen Fässer, daraus Wein gezapft ward; da waren auch die hoch über den Häuptern der Menge schwebenden, an langen Stangen befestigten goldnen und bunten Papierblumen, mit denen an diesem Tage jeder Männerhut, jeder Frauenkopf geschmückt sein mußte. Auch Lucullo steckte sich den breitkrämpigen hellen Filz voll solcher lustigen Blüten, daß er einer phantastischen Krone glich; auch er ließ sich von einer wackern Bürgersfrau aus Ariccia ein saftiges Stück gebratenen Schweins abschneiden, erwarb sich mit Mühe und Not ein Brot und suchte darauf ein Faß, neben dem noch Platz für einen durstigen Mann war. Unter den Platanen, die den Brunnen überschatten, fand er noch Raum. Er warf sich der Länge nach auf den Boden, ließ sich den goldigen Trank in die Kehle fließen, starrte hinauf in das Geäst der Bäume, durch das der blaue Himmel niederstrahlte, hörte auf das Brausen der Menge, auf das Gebrüll der Esel, auf das gellende Geschrei der Verkäufer und Ausrufer, auf das Rasseln der Tambourins und dachte, daß morgen die Carabinieri auf einen Mörder fahnden würden. Es war spät am Nachmittage, als er sich aufmachte, und mit schwerem Kopf und schweren Gliedern durch die Menge drang. Da wurde er zur Seite gedrückt, denn mitten durch das Gedränge fuhren die Hochzeitswagen. Die Räder streiften ihn fast, es war ihm indessen unmöglich, die Büchse von der Schulter zu reißen. Er stand wie eingemauert und schaute der jungen Frau steif ins Gesicht.

Sie sah so schön aus, daß man ihr von allen Seiten zujauchzte und zurief: » *Quant' è bella! Ah, la bella !*« daß man ihr laut applaudierte und sie überall mit Jubel empfing. Sie trug ein Kleid von bernsteingelber Seide, einen schwarzen Spitzenschleier und eine Menge Schmuck. Ihre Augen leuchteten, sie grüßte wie eine Königin nach allen Seiten. Plötzlich erblaßte sie. Sie beugte sich weit aus dem Wagen vor und kam mit ihrem Gesicht Lucullo so nahe, daß er sie hätte auf den Mund küssen können. Sie flüsterte ihm etwas zu, aber er verstand sie nicht. Da sah sie die Büchse. Ihre Augen schienen ihn zu fragen: Das willst du thun? Und seine Augen antworteten ihr: Ja, das will ich thun. Sie sah ihn an: Sei kein Narr! Er nickte: Freilich bin ich einer.

Darauf schickte er sich an, Grottaferrata zu verlassen und den Ort aufzusuchen, wo er sein Vorhaben am sichersten ausführen konnte. Bevor er ging, füllte er seine Jagdtasche mit Lebensmitteln und rief darauf dem ersten besten Frascataner seiner Bekanntschaft zu: »Sage doch dem Gigio Maggi, daß ich nach Pontano auf die Wachteljagd gegangen wäre, vielleicht käme er morgen auch. Er weiß schon, wo er mich treffen kann.«

So war auch das besorgt. Wenn die Carabinieri, denen er begegnete, gewußt hätten, daß sie morgen viel darum geben würden, ihn zu finden! Er freute sich, den verhaßten bunten Gesellen einen Streich spielen zu können.

Es begann zu dämmern, als Lucullo sich auf der Landstraße befand. Aber anstatt den Weg einzuschlagen, welcher in die Macchia von Pontano führt, ging er auf der Via Tusculana Rom zu. Bereits lagen die tusculanischen Hügel hinter ihm, bereits hatte er die Ruinen von Roma vecchia vor sich. Dort lag die Osteria von Mezza via, dort sollte es vollbracht werden.

Die Nacht war angebrochen, als Lucullo das einsame Gehöft erreichte. In geringer Entfernung vom Hause erhob sich eine hohe Cypresse, ringsum der einzige Baum. Hinter dem Stamm faßte

Lucullo Posten; die Büchse schußgerecht, den Hahn gespannt, wartete er.

Es war eine helle Nacht; am Himmel stand der junge Mond, die Sterne funkelten. Stunde auf Stunde verstrich. Nur Caretti kamen unter dem Getös ihrer Schellen die Landstraße daher, schlaftrunken kauerte der Vetturin unter seinem Gezelt und schrie halb im Traum einen wilden Gesang ab. Aus der Campagna herüber schallte das Geblök der Schafe, das Geheul der Hunde.

Lucullo ward ungeduldig. Wo blieben sie so lange? Ein andrer junger Ehemann hatte es eiliger gehabt, von seinen Gästen fortzukommen. Daran sah man recht, was für ein Tropf dieser Mensch war. Vielleicht hatte er sich gar berauscht! Einmal kam dem Wartenden der Gedanke: wenn sie recht hätte, wenn er wirklich ein Narr wäre? Denn es war eine Narrheit, um diesen Menschen in die Maccia zu gehen und ein halbes Jahr in der Wildnis wie eine Bestie zu leben.

Da hörte er das Rollen eines Wagens. Die Pferde schienen zu rasen; da waren sie schon.

Es geschah so, wie Lucullo gehofft hatte. Vor der Schänke hielt der Wagen und das Paar stieg aus. Lucullo wollte losdrücken, aber Sabina deckte ihren Mann und beide verschwanden im Hause. Nach einer Weile erschien jemand in der Thür; es war die junge Frau, die dem Vetturin zurief: »Geh hinein und laß dir zu trinken geben.«

Der Mann antwortete: »Ich muß bei den Pferden bleiben; sie sind heute rein wie toll.«

Aber Sabina gebot ihm: »Geh und trinke deinen Wein. Ich gebe indessen auf die Pferde acht. Oder meinst du, ich könnte es nicht?«

Der Vetturino meinte, sie könnte es recht gut, sie könnte alles, was sie wollte; aber sie sollte sich in den Wagen setzen und die Zügel nehmen. Das that Sabina und der Mann ging. Kaum war er verschwunden, als die junge Frau sich vom Sitze erhob und mit gedämpfter Stimme zur Cypresse gewendet rief: »Ich weiß, daß du dort stehst und warum du dort stehst. Gleich komm hervor, sonst rufe ich meinen Mann und die andern!«

Lucullo trat langsam hervor und an den Wagen heran. Sie raunte ihm zu: »Du willst ihn erschießen?«

»Ja!«

»Ich wußte es und habe Todesangst um dich ausgestanden.«

»Todesangst um mich?«

»Daß du wirklich ein solcher Narr sein könntest! Auf dem ganzen Wege spähte ich nach dir aus; als wir zur Osteria kamen und ich den Baum sah, wußte ich gleich, daß du es hier thun wolltest.«

»Wenn er herauskommt, schieße ich ihn nieder! du sollst mich davon nicht abhalten. Aber warum hast du meinetwegen Todesangst ausgestanden?«

»Weil ich dich liebe.«

Sie beugte sich weit vor, ließ die Zügel fahren, umschlang ihn und wollte ihn küssen. Er jedoch entriß sich ihr.

»Bin ich auch ein Narr, so dumm bin ich nicht, solchen Unsinn zu glauben. Wenn du mich liebst, warum hast du dann den andern zum Mann genommen?«

Sie wurde böse: »Weil ich nicht in einem Grabe wohnen wollte.«

Lucullo erwiderte gelassen: »Dafür soll der andre in ein Grab kommen.«

Darauf sie mit plötzlicher heftiger Angst: »Sie werden dich fangen, sie werden dich ins Gefängnis werfen, dich auf die Galeere schicken!«

Er höhnte: »Das laß meine Sorge sein.«

Doch sie war nicht zu beruhigen.

»Nun ja, du gehst in die Macchia; aber sie bekommen jetzt auch solche, die in die Macchia gehen. Seit der neuen Regierung bekommen sie fast alle. Thu es nicht, Lucullo!«

»Still! Ich glaube, da kommt er. Rufst du, so töte ich dich zuerst.«

Die Pferde wurden unruhig. Sabina ergriff die Zügel von neuem; sie zitterte heftig und flüsterte: »Ich werde nicht rufen. – – Also du willst es wirklich thun, du willst um mich zum Mörder werden, du willst meinethalben auf die Galeere kommen?«

»Ja.«

»So liebst du mich?«

»Wie ein Narr.«

Sie stieß einen lauten Schrei aus.

»Die Pferde, die Pferde!«

Zugleich faßte sie nach der Peitsche.

Lucullo rief leise: »Was thust du? Sie werden scheu!«

»Meinetwegen.« Und sie schlug wild auf die Pferde los.

Lucullo sprang in den Wagen, wollte ihr die Zügel entreißen; aber die Tiere waren nicht zu halten und jagten mit den beiden davon. Aus der Osteria stürzte der Vetturin, stürzten der junge Ehemann und der Wirt. Sie sahen die Pferde durch die Nacht dahinrasen, sie hörten das Angstgeschrei der in Todesgefahr schwebenden jungen Frau – –

Der Vetturin hatte es gleich gesagt: die Pferde waren heute abend rein wie toll! Aber sie hatte nicht hören wollen.

Erst am nächsten Abend gelang es dem verzweifelten Gatten, seine junge Frau in Rom in einem hübschen, ruhigen Albergo aufzufinden; nicht nur lebend und mit vollständig heilen Gliedmaßen, sondern strahlend von Schönheit, Freude des Wiedersehens und Gattinnenglück.

Aber es war schrecklich gewesen, wie die scheugewordenen Tiere mit ihr davongerast waren; ganz schrecklich war es gewesen! Ob er sie nicht hatte schreien hören? Vor Schreck und Entsetzen dem Tode nahe, hatte sie im Wagen gelegen und in einem fort gerufen: »Mein Catone, mein lieber Catone, mein armer Catone!« Und es wäre sicher ein Unglück geschehen, hätte die Madonna nicht ein Wunder gethan und zur rechten Zeit den Retter gesendet. Und wer war dieser Bote des Himmels? Wer anders als der arme Sor Lucullo! Der arme Sor Lucullo hatte nämlich nach Roma vecchia auf die Wachteljagd gehen wollen; der arme Sor Lucullo, ohne eine Ahnung zu haben, wer die schreiende Frau im Wagen sei, warf sich den Pferden in den Weg; und er brachte mit Gefahr seines Lebens die wilden Tiere zum Stehen; der arme Sor Lucullo rettete die junge Frau vom Tode; der arme Sor Lucullo beruhigte sie, pflegte sie, sorgte für sie. Sie und ihr Mann, ihr lieber Catone, mußten dem armen Sor Lucullo Zeit ihres Lebens dankbar sein.

Warum sie nicht umgekehrt und zurückgefahren wären?

Wenn sie das nur gekonnt hätten! Aber die Pferde wollten und wollten nicht umkehren. Sor Lucullo hatte sich solche Mühe mit den eigensinnigen Tieren gegeben; er war so zornig geworden. Und sie, die junge Frau, hatte in einem fort geschrieen: Sie wollte umkehren, sie wollte zu ihrem lieben Catone; man sollte sie zu ihrem Catone bringen! Aber die Pferde hatten nun einmal nicht umkehren wollen.

So hatten sie sich denn fügen und – es war schrecklich gewesen – weiter fahren müssen. An Porta San Lorenz fanden sie einen Mann, den sie noch in der Nacht zur Osteria schickten, um dem armen Catone die wunderbare Rettung seiner jungen Frau zu melden. Fünf Paoli hatte Sor Lucullo dem Boten gezahlt.

Catone hatte von einem Boten nichts gehört noch gesehen.

Wie, er war nicht gekommen? Der schlechte Kerl! Was für Menschen es doch gab! Darum also hatte Catone sie erst jetzt gefunden. Und sie hatte solche Angst um ihn ausgestanden, hatte so auf ihn gewartet, sich so nach ihm gesehnt. Sie war so böse auf ihn gewesen! Daß er seine junge Frau so lange in aller Angst hatte warten lassen können, Sor Lucullo konnte es bezeugen; Sor Lucullo hatte sie beständig trösten müssen; ohne Sor Lucullo wäre sie vollständig verzweifelt. Es war nicht zu sagen, welchen Dank sie und ihr Mann dem Sor Lucullo schuldig waren.

Doch nun war die Angst überstanden, nun hatte sie ihren lieben Catone wieder, nun war alles wieder gut. Aber ganz schrecklich war es gewesen. ...

Um die wunderbare Rettung seiner schönen, jungen Frau aus Todesgefahr zu feiern, und um den Retter seine Dankbarkeit – einen kleinen Teil seiner Dankbarkeit – zu bezeigen, bestellte Sor Catone ein Mahl, als ob er zum zweitenmal Hochzeit halten wollte. Und der »arme« Sor Lucullo aß und trank, als käme er direkt aus der Macchia von Pontano, und der »arme« Sor Lucullo war so vergnügt, als ob er heute selber Hochzeit machte; Sor Lucullo hatte über Nacht eingesehen, daß er wirklich ein Narr gewesen war.

Kurze Zeit nach diesen Ereignissen wurde das Grabmal des Lucull von seinem Besitzer um ein Billiges verkauft; ein andrer Flickschuster erwarb es, ein andrer Flickschuster saß fortan vor der Thür des alten Römergrabes, von früh bis spät hämmernd und flickend, von früh bis spät pfeifend und singend. Aber darüber war ganz Frascati einig: so lustig wie Sor Lucullo vor seinem Hause gehämmert und gepfiffen hatte, brachte es kein zweiter zu stande.

Zum großen Leidwesen sämtlicher Frascatanerinnen – besonders der jungen und hübschen – konnten sie bei dem lustigen Sor Lucullo nicht mehr ihre Schuhe flicken lassen; denn der lustige Sor Lucullo flickte keine Schuhe mehr, der lustige Sor Lucullo war ein Signor Lucullo geworden, ohne darum von seiner Lustigkeit verloren zu haben.

Das war so gekommen: In der Hochzeitsnacht der schönen Sabina und des reichen Sor Catone hatte der arme, abgewiesene Freier der jungen Frau das Leben gerettet – welch ein Edelmut! Zum Dank dafür hatte Sor Catone dem armen, abgewiesenen, edelmütigen Freier in seinem eignen Hause eine Wohnung eingeräumt und ihn zum wohlbestellten Hüter über seine Weinberge eingesetzt. Doch war die Arbeit nicht allzu schwer und beschränkte sich auf das Probieren der verschiedenen Weinsorten, in welcher Kunst der gewesene Flickschuster bekanntlich Meister war. Sor Catone probierte nicht, Sor Catone trank nach wie vor keinen Tropfen von seinen herrlichen Rebensäften, Sor Catone hätte am liebsten nur Wasser, nichts als Wasser, getrunken; denn Sor Catone mußte sparen, sparen, sparen, sonst hätte er allmählich aufgehört, der weise Catone zu sein. Denn weise war er noch immer! Wenn er sein heranblühendes Geschlecht ansah – lauter Buben! Die prächtigsten Lockenköpfe mit pechrabenschwarzen, lustigen Augen –, wollten ihn zuweilen trübe Gedanken beschleichen. Aber als Philosoph tröstete er sich: er war auf der Welt nicht der einzige weise Mann, der ein schönes Weib hatte.

Und sie wurde mit jedem Jahre schöner, Sabina, die Mutter der Catonen.

Über tredition

Eigenes Buch veröffentlichen

tredition wurde 2006 in Hamburg gegründet und hat seither mehrere tausend Buchtitel veröffentlicht. Autoren veröffentlichen in wenigen leichten Schritten gedruckte Bücher, e-Books und audio-Books. tredition hat das Ziel, die beste und fairste Veröffentlichungsmöglichkeit für Autoren zu bieten.

tredition wurde mit der Erkenntnis gegründet, dass nur etwa jedes 200. bei Verlagen eingereichte Manuskript veröffentlicht wird. Dabei hat jedes Buch seinen Markt, also seine Leser. tredition sorgt dafür, dass für jedes Buch die Leserschaft auch erreicht wird.

Im einzigartigen Literatur-Netzwerk von tredition bieten zahlreiche Literatur-Partner (das sind Lektoren, Übersetzer, Hörbuchsprecher und Illustratoren) ihre Dienstleistung an, um Manuskripte zu verbessern oder die Vielfalt zu erhöhen. Autoren vereinbaren direkt mit den Literatur-Partnern die Konditionen ihrer Zusammenarbeit und partizipieren gemeinsam am Erfolg des Buches.

Das gesamte Verlagsprogramm von tredition ist bei allen stationären Buchhandlungen und Online-Buchhändlern wie z. B. Amazon erhältlich. e-Books stehen bei den führenden Online-Portalen (z. B. iBookstore von Apple oder Kindle von Amazon) zum Verkauf.

Einfach leicht ein Buch veröffentlichen: **www.tredition.de**

Eigene Buchreihe oder eigenen Verlag gründen

Seit 2009 bietet tredition sein Verlagskonzept auch als sogenanntes "White-Label" an. Das bedeutet, dass andere Unternehmen, Institutionen und Personen risikofrei und unkompliziert selbst zum Herausgeber von Büchern und Buchreihen unter eigener Marke werden können. tredition übernimmt dabei das komplette Herstellungs- und Distributionsrisiko.

Zahlreiche Zeitschriften-, Zeitungs- und Buchverlage, Universitäten, Forschungseinrichtungen u.v.m. nutzen diese Dienstleistung von tredition, um unter eigener Marke ohne Risiko Bücher zu verlegen.

Alle Informationen im Internet: **www.tredition.de/fuer-verlage**

tredition wurde mit mehreren Innovationspreisen ausgezeichnet, u. a. mit dem Webfuture Award und dem Innovationspreis der Buch Digitale.

tredition ist Mitglied im Börsenverein des Deutschen Buchhandels.

Dieses Werk elektronisch lesen

Dieses Werk ist Teil der Gutenberg-DE Edition DVD. Diese enthält das komplette Archiv des Projekt Gutenberg-DE. Die DVD ist im Internet erhältlich auf **http://gutenbergshop.abc.de**

Zeitfracht Medien GmbH
Ferdinand-Jühlke-Straße 7
99095 Erfurt, Deutschland
produktsicherheit@kolibri360.de